五福五代堂古稀天子寶

八徵耄念之寶

太上皇帝之寶

U0112935

重刊許氏說文解字五音韻譜卷二

上平聲二

齊 六十祖奚切齊

西 六十一先稽切西

禾 六十二古兮切禾讀若稽

稽 六十三古兮切稽

兮 六十四胡雞切兮

乖 六十五古懷切乖

嵬 六十六五灰切嵬

𠂤 六十七都回切𠂤讀若堆

來 六十八洛哀切來

才 六十九昨哉切才

申 七十失人切申

身 七十一失人切身

辰 七十二植鄰切辰

晨 七十三食鄰切晨

臣 七十四植鄰切臣

人 七十五如鄰切人

儿 七十六如鄰切儿讀若人

辛 七十七息鄰切辛

頻 七十八符真切頻

民 七十九彌鄰切民

㷗 八十詳遵切㷗讀若旬

寅 八十一弋真切寅

巾 八十二居銀切巾

屾 八十三所臻切屾

囟 八十二 息進切
屾 八十一 所臻切
燊 八十 ……
寅 八十 弋真切
頻 七十八 符真切
尹 七十九 ……
川 七十七 ……
辛 七十六 息鄰切
臣 七十四 植鄰切
人 七十五 如鄰切
晨 七十二 ……
㫳 七十三 ……
申 七十 失人切
身 七十一 失人切
說文解字 ……
來 六十八 洛哀切
干 六十九 ……
萬 六十六 無販切
𠂤 六十七 ……
兮 六十四 胡雞切
平 六十五 ……
朱 六十二 ……
編 六十三 ……
齒 六十 ……
囪 六十一 ……

上平聲二

重刊許氏說文解字五音韻譜卷之一

文 八十三無分切文

彣 八十四無分切彣

雲 八十五王分切雲

斤 八十六舉欣切斤

筋 八十八居銀切筋

堇 八十九巨斤切堇

犾 九十語斤切犾讀若垠

吅 九十一況袁切吅與讙同讀若喧

言 九十二語軒切言

䖵 九十三古䰟切䖵讀若昆

門 九十四莫奔切門

豚 九十五徒䰟切豚

干 九十六古寒切干

㫃 九十七昨干切㫃

丹 九十八都寒切丹

丸 九十九胡官切丸

萑 一百胡官切萑讀若丸

莧 一百一胡官切莧讀若丸

毌 一百二古丸切毌讀若冠

華 一百三北潘切華讀若般

耑 一百四多官切耑

𠬞 一百五普班切𠬞與攀同

山 一百六所閒切山

虤 一百七五閑切虤讀若訮

亝 十六 禾麥吐穗上平也象形凡亝之屬皆从亝 徐鍇曰生而齊者莫若禾麥二地也兩傍

品 十六 本變也繇上平也

山 閑切 一百六十 山 所

䫏 一百 切 二 讀若 闕

㣺 一百 切 四 ...

斤 一 切 百 五 舉欣 讀若 ...

田 一百 切 二 待年

華 一 切 百 三 讀若 ...

堇 一 切 百 九 巨斤

莧 一 切 百 一 讀若 胡官

月 寒 九 切 十 八

𠂆 官 九 切 十 九

干 寒 九 切 十 一 古

冄 十 九 切 十 七

門 莫 九 切 十 四

豸 九 切 十 五

音 於 九 切 十 二 今

㠯 九 切 十 三

㲋 九 十 讀若 ...

出 九 十 切

林 八 十 力 尋

革 八 十 切 九 古 覈

雨 八 十 五 王 矩

入 八 十 六 人 汁

文 八 十 三 無 分

文 八 十 四 無 分

在低處也
徂兮切

等也从韭妻聲徂兮切

文二

西 六十一 鳥在巢上象形日在西方而鳥棲故因以爲東西之西凡西之屬皆从西 先稽切

古文西

籒文西

棲 西或从木妻

姓也从西圭聲戶圭切

文二 重三

禾 六十二 木之曲頭止不能上也凡禾之屬皆从禾 古兮切

多小意而止也从禾从只聲一曰木也職雉切

稽𥝵也从禾从又句聲又者从丑省一曰木名徐鍇曰丑者束縛也稽𥝵不伸之意俱羽切

文三

稽 六十三 留止也从禾从尤旨聲凡

稽之屬皆从稽　古兮切

穦　稽穦而止也从稽省咎聲讀若皓賈侍中說稽穦䅘三字皆木名古老切　○

䅘　特止也从稽省卓聲徐鍇曰特止卓立也竹角切

文三

兮　六十四　語所稽也从丂八象气越亏也凡兮之屬皆从兮　胡雞切

羲　气也从兮義聲許羈切

乎　語之餘也从兮象聲上越揚之形也戶吳切

○𠔃　驚辭也从兮旬聲思允切

恂　𠔃或从心

文四　重一

𠦍　六十五　背呂也象脅肋形凡𠦍之屬皆从𠦍　古懷切

脊　背呂也从𠦍从肉　資昔切

文二

嵬　六十六　高不平也从山鬼聲凡嵬

[illegible] 高不平也从[illegible]聲

文二

[illegible] [illegible]

[illegible] 从[illegible]聲 [illegible]

[illegible] 語所稽也象气越亏凡兮[illegible]

文四 重一

○[illegible] 从口在丂上[illegible] [illegible] 从号[illegible]

[illegible] 气也从兮[illegible]聲 [illegible]

[illegible] 語之餘也从兮象聲上越揚之形也[illegible]

文三

[illegible] [illegible]

[illegible] [illegible]

之屬皆从嵬 五灰切

巍 高也从嵬委聲牛威切臣鉉等曰今人省山以爲魏國之魏語韋切

文二

𠂤 六十七 小𠂤也象形凡𠂤之屬皆从𠂤 臣鉉等曰今俗作堆都回切

官 吏事君也从宀从𠂤𠂤猶衆也此與師同意古丸切

○ 𡴎 危高也从𠂤屮聲讀若臬魚列切

文三

來 六十八 周所受瑞麥來麰一來二縫象芒朿之形天所來也故爲行來之來詩曰詒我來麰凡來之屬皆从來 洛哀切

𥠖 詩曰不𥠖不來从來矣聲 𢓭 𥠖或从彳 牀史切

文二 重一

才 六十九 艸木之初也从丨上貫一

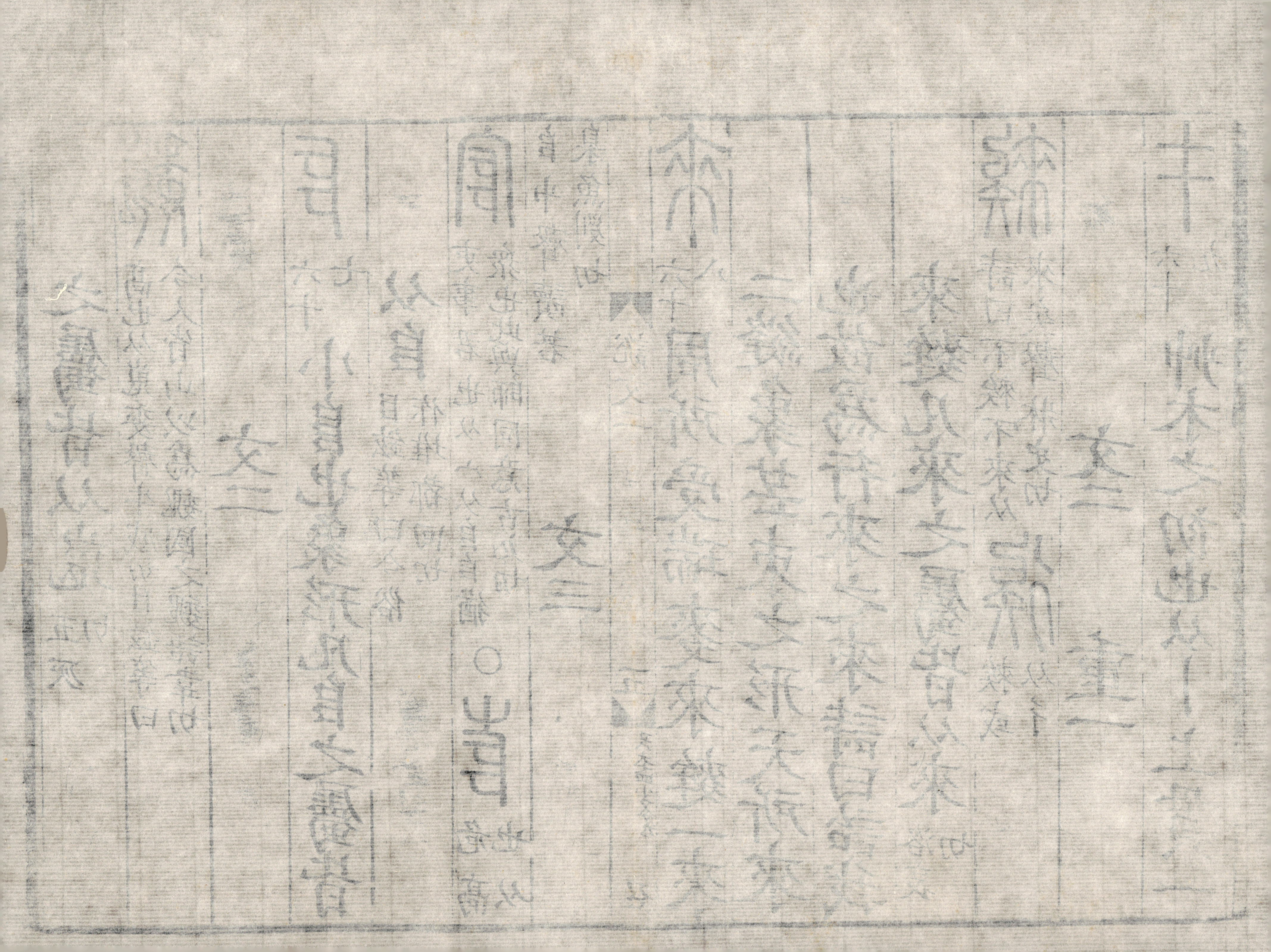

將生枝葉一地也凡才之屬皆从才 徐鍇曰上一初生岐枝也下一地也昨哉切

文一

申 七十 神也七月陰气成體自申束从臼自持也吏臣餔時聽事申旦政也凡申之屬皆从申 失人切

𠁒 古文申

𤰣 籀文申

臾 束縛捽抴為臾从申从乙 臣鉉等曰乙屈也羊朱切 ○

曳 臾曳也从申丿聲 余制切

⿰柬申 擊小鼓引樂聲也从申柬聲 羊晉切

文四 重二

身 七十一 躳也象人之身从人厂聲凡身之屬皆从身 失人切

軀 體也从身區聲 豈俱切

文二

文三

[illegible] 覺悟也从教从冂冂尚矇也臼聲 篆文斆省

凡[illegible]之屬皆从[illegible]古孝切

[illegible] 十十 [illegible]也象人[illegible]之[illegible]上[illegible]之[illegible]

文四　重二

中入 [illegible]

[illegible] [illegible]中[illegible]从中[illegible]

[illegible] 古文中　[illegible] 籀文中

日政也凡中之屬皆从中[illegible]

从[illegible]自持也[illegible][illegible][illegible]事中

中 十十 [illegible]也[illegible]凡[illegible]之屬皆从[illegible]

文二

古文[illegible] [illegible]

[illegible]主[illegible]葉一[illegible]也凡[illegible]十之屬

辰 七十二

震也三月陽气動靁電振民農時也物皆生从乙匕象芒達厂聲也辰房星天時也从二二古文上字凡辰之屬皆从辰徐鍇曰匕音化乙艸木萌初出曲卷也臣鉉等曰三月陽气盛艸木生上徹於土故从上厂非聲疑亦象物之出植鄰切

辰 古文辰

辱 恥也从寸在辰下失耕時於封畺上戮之也辰者農之時也故房星爲辰田候也而蜀切

文二　重一

晨 七十三

早昧爽也从臼从辰辰時也辰亦聲丮夕爲𡖍臼辰爲晨皆同意凡晨之屬皆从晨食鄰切

農 耕也从晨囟聲徐鍇曰當从凶乃得聲奴冬切

農 籀文農从林

農 古文農

農 亦古文農

文二　重三

臣 牽也事君也象屈服之形凡臣之屬皆从臣 植鄰切 七十四

臧 善也从臣戕聲則郎切 臧 籀文

○ 𦣞 乖也从二臣相違讀若誑居況切

文三　重一

人 天地之性最貴者也此籀文象臂脛之形凡人之屬皆从人 如鄰切 七十五

俑 痛也从人甬聲他紅切又余隴切

侗 大皃从人同聲詩曰神罔時侗他紅切

僮 未冠也从人童聲徒紅切

仜 大腹也从人工聲讀若紅戶工切

伀 志及眾也从人公聲職茸切

傭 均直也从人庸聲余封切

供 設也从人共聲一曰供給俱容切

儷 棽儷也从人麗聲呂支切

儀 度也从人義聲魚羈切

倭 順皃从人委聲詩曰周道倭遲於爲切

倠 仳倠醜面从人隹聲許惟切

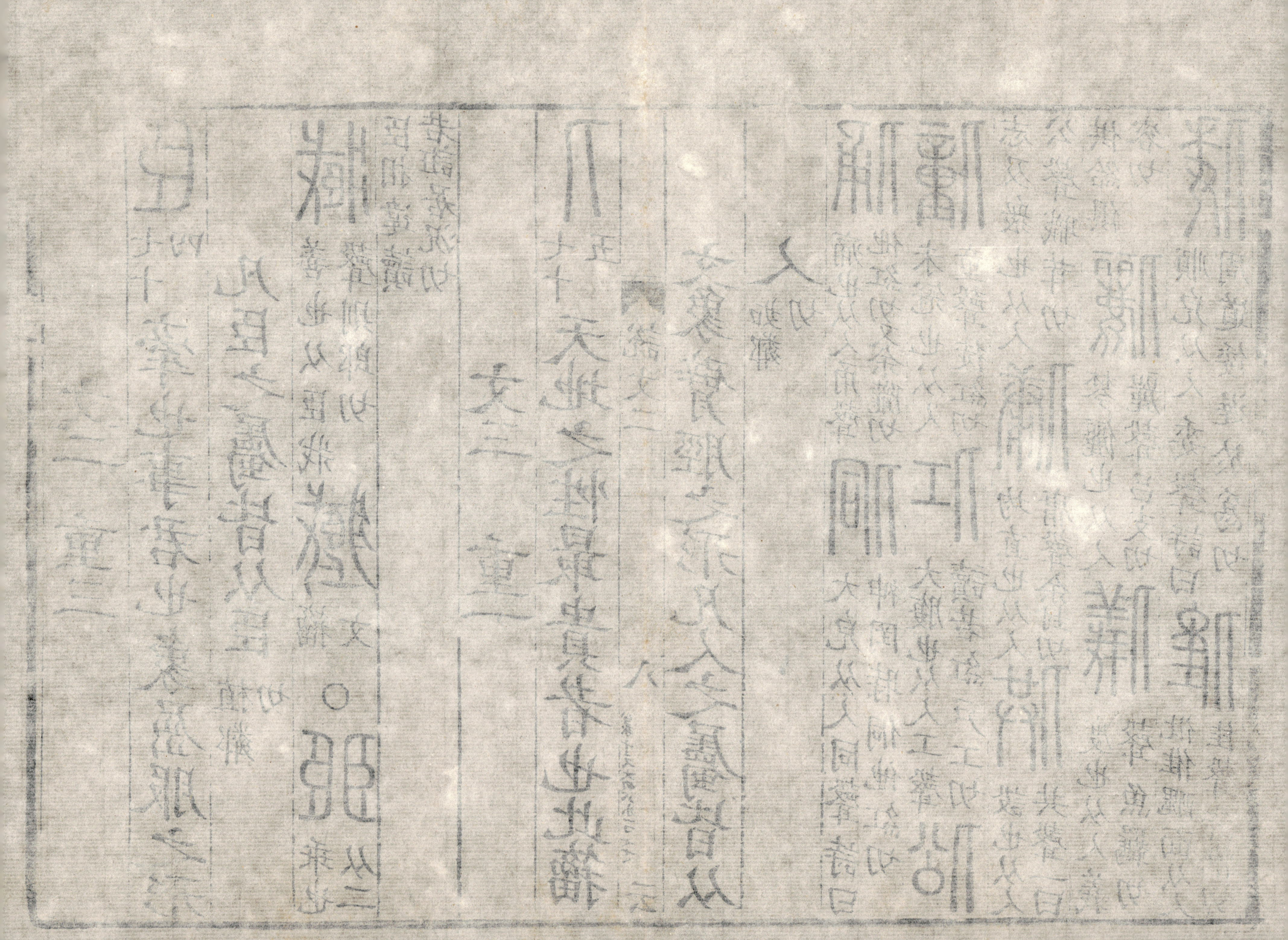

伊 殷聖人阿衡尹治天下者从人从尹於脂切

𠇔 古文伊从古文死

伾 有力也从人丕聲詩曰以車伾伾敷悲切

仔 克也从人子聲子之切

僖 樂也从人喜聲許其切

僛 醉舞皃从人欺聲詩曰屢舞僛僛去其切

𢼸 妙也从人从攴豈省聲臣鉉等案豈字从𢼸省𢼸不應从豈省蓋傳寫之誤疑从耑省耑物初生之題尚𢼸也無非切

依 倚也从人衣聲於稀切

僟 精謹也从人幾聲明堂月令歲將僟終巨衣切

徐 緩也从人余聲似魚切

伹 拙也从人且聲似魚切

儲 偫也从人諸聲直魚切

伃 婦官也从人予聲以諸切

俱 偕也从人具聲舉朱切

俘 軍所獲也从人孚聲春秋傳曰以為俘聝芳無切

儒 柔也術士之稱从人需聲人朱切

低 下也从人氐氐亦聲都兮切

倪 俾也从人兒聲五雞切

佳 善也从人圭聲古膎切

偕 彊也从人皆聲詩曰偕偕士子一曰俱也古諧切

俙 訟面相是从人希聲喜皆切

儕 等輩也从人齊聲春秋傳曰吾儕小人仕皆切

俳 戲也从人非聲步皆切

傀 偉也从人鬼聲周禮曰大傀異公回切

瓌 傀或从玉褱聲

儡 相敗也从人畾聲讀若雷魯回切

催 相擣也从人崔聲詩曰室人交徧催我倉回切

侅 奇侅非常也从人亥聲古哀切

偲　彊力也从人思聲詩曰其人美且偲倉才切

㑗　神也从人身聲失人切

伸　屈伸从人申聲失人切

仁　親也从人从二臣鉉等曰仁者兼愛故从二如鄰切

忎　古文仁从千心

𡰥　古文仁或从尸

份　文質備也从人分聲論語曰文質份份府巾切

彬　古文份从彡林林者从焚省聲臣鉉等曰今俗作斌非是

倫　輩也从人侖聲一曰道也力屯切

侁　行皃从人先聲所臻切

⿰亻軍　人姓从人軍聲吾昆切

侒　宴也从人安聲烏寒切

儃　儃何也从人亶聲徒干切　○

仚　人在山上从人从山呼堅切

伭　很也从人弦省聲胡田切

僊　長生僊去从人从䙴䙴亦聲相然切

便　安也人有不便更之从人更房連切

偏　頗也从人扁聲芳連切

佺　偓佺仙人也从人全聲此緣切

儇　慧也从人睘聲許緣切

佻　愉也从人兆聲詩曰視民不佻土彫切

僥　南方有焦僥人長三尺短之極从人堯聲五聊切

儦　行皃从人麃聲詩曰行人儦儦甫嬌切

佋　廟佋穆父為佋南面子為穆北面从人召聲市招切

傜　喜也从人䍃聲自關以西物大小不同謂之傜余招切

僑　高也从人喬聲巨嬌切

倄　刺也从人肴聲一曰痛聲胡茅切

⿰亻蚤　⿰亻蚤驕也从人蚤聲穌遭切

傮　終也从人曹聲作曹切

何　儋也

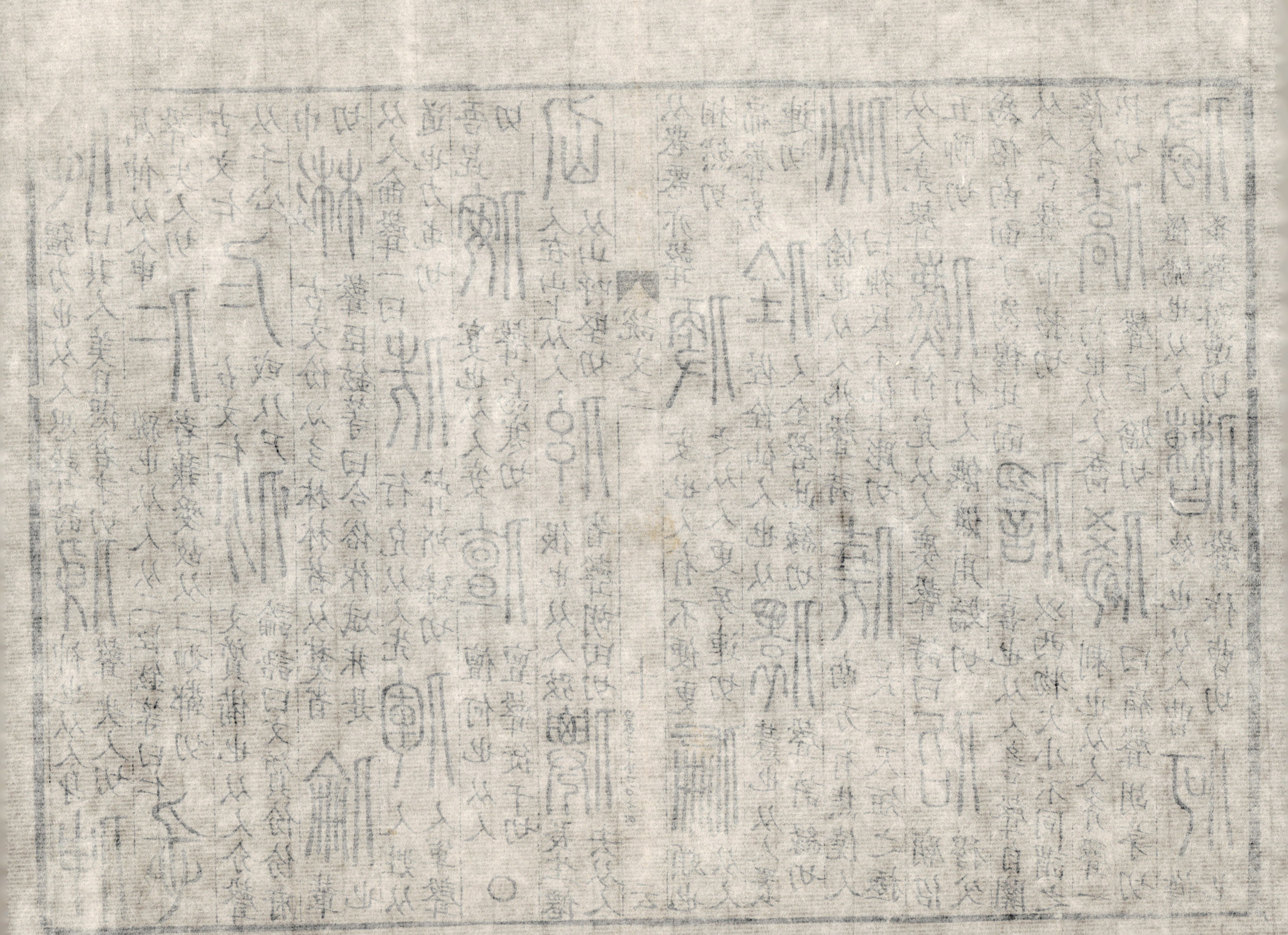

从人可聲臣鉉等曰儋何即負何也借爲誰何之何今俗别作檐荷非是胡歌切

俄 行頃也从人我聲詩曰仄弁之俄五何切

傞 醉舞皃从人差聲詩曰屢舞傞傞素何切

佗 負何也从人它聲臣鉉等案史記匈奴奇畜有橐佗今俗譌誤謂之駱駝非是徒何切

儺 行有節也从人難聲詩曰佩玉之儺諾何切

侉 備詞从人夸聲苦瓜切

傷 創也从人𥏻省聲式羊切

償 還也从人賞聲食章切

倀 狂也从人長聲一曰什也褚羊切

僵 僨也从人畺聲居良切

傍 近也从人旁聲步光切

侊 小皃从人光聲春秋國語曰侊飯不及一食古橫切

傾 仄也从人从頃頃亦聲去營切

俜 使也从人甹聲普丁切

停 止也从人亭聲特丁切

伶 弄也从人令聲益州有建伶縣郎丁切

偁 揚也从人爯聲處陵切

仍 因也从人乃聲如乘切

倗 輔也从人朋聲讀若陪位步崩切

僧 浮屠道人也从人曾聲穌曾切

儚 惛也从人夢聲呼肱切

俅 冠飾皃从人求聲詩曰弁服俅俅巨鳩切

仇 讎也从人九聲巨鳩切

優 饒也从人憂聲一曰倡也於求切

侜 有廱蔽也从人舟聲詩曰誰侜予美張流切

儔 翳也从人壽聲直由切

侔 齊等也从人牟聲莫浮切

侵 漸進也从人又持帚若埽之進又手也七林切

任

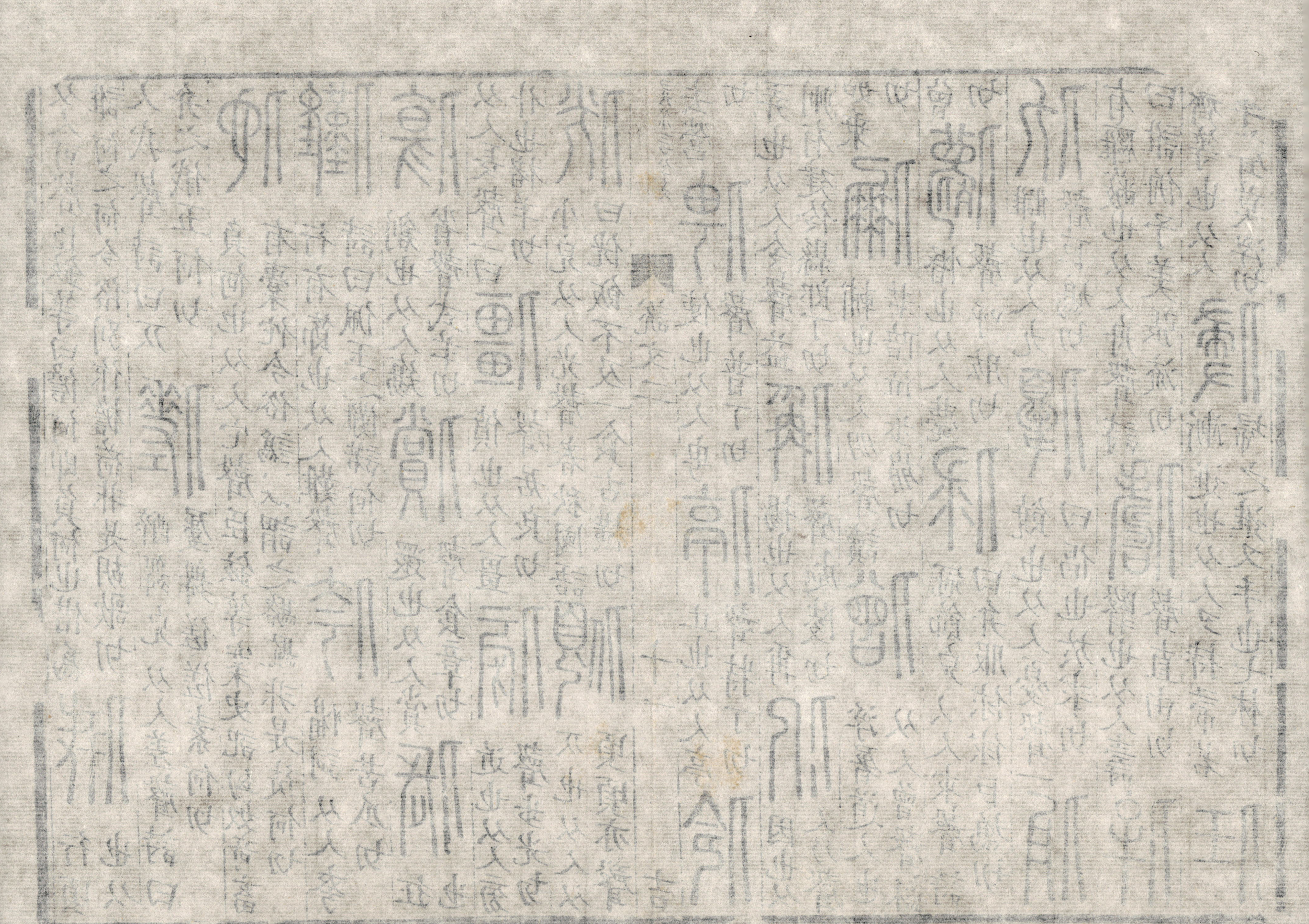

保也从人壬聲如林切

傪 好皃从人參聲所今切

倓 安也从人炎聲讀若談徒甘切

㶒 倓或从剡

儋 何也从人詹聲都甘切

儳 儳互不齊也从人毚聲士咸切

傛 不安也从人容聲一曰華余儱切

侈 掩脅也从人多聲一曰奢也尺氏切

佌 小皃从人囟聲詩曰佌佌彼有屋斯氏切

伎 與也从人支聲詩曰鞫人伎忒渠綺切

倚 依也从人奇聲於綺切

俾 益也从人卑聲一曰俾門侍人并弭切

仳 別也从人比聲詩曰有女仳離芳比切

使 伶也从人吏聲疏士切

仕 學也从人从士鉏里切

俟 大也从人矣聲詩曰伾伾俟俟牀史切

佀 象也从人㠯聲詳里切

偫 待也从人从待直里切

俚 聊也从人里聲良止切

儗 僭也一曰相疑从人从疑魚巳切

偉 奇也从人韋聲于鬼切

佇 久立也从人从宁直呂切

侶 徒侶也从人呂聲力舉切

俁 大也从人吳聲詩曰碩人吳俁魚禹切

傴 僂也从人區聲於武切

俌 輔也从人甫聲讀若撫芳武切

侮 傷也从人每聲文甫切

𠈇 古文从母

僂 尪也从人婁聲周公韈僂或言背僂力主切

伍 相參伍也从人从五疑古切

僓 嫺也从人貴聲一曰長皃吐猥切又魚罪切

儽 垂皃从[illegible]

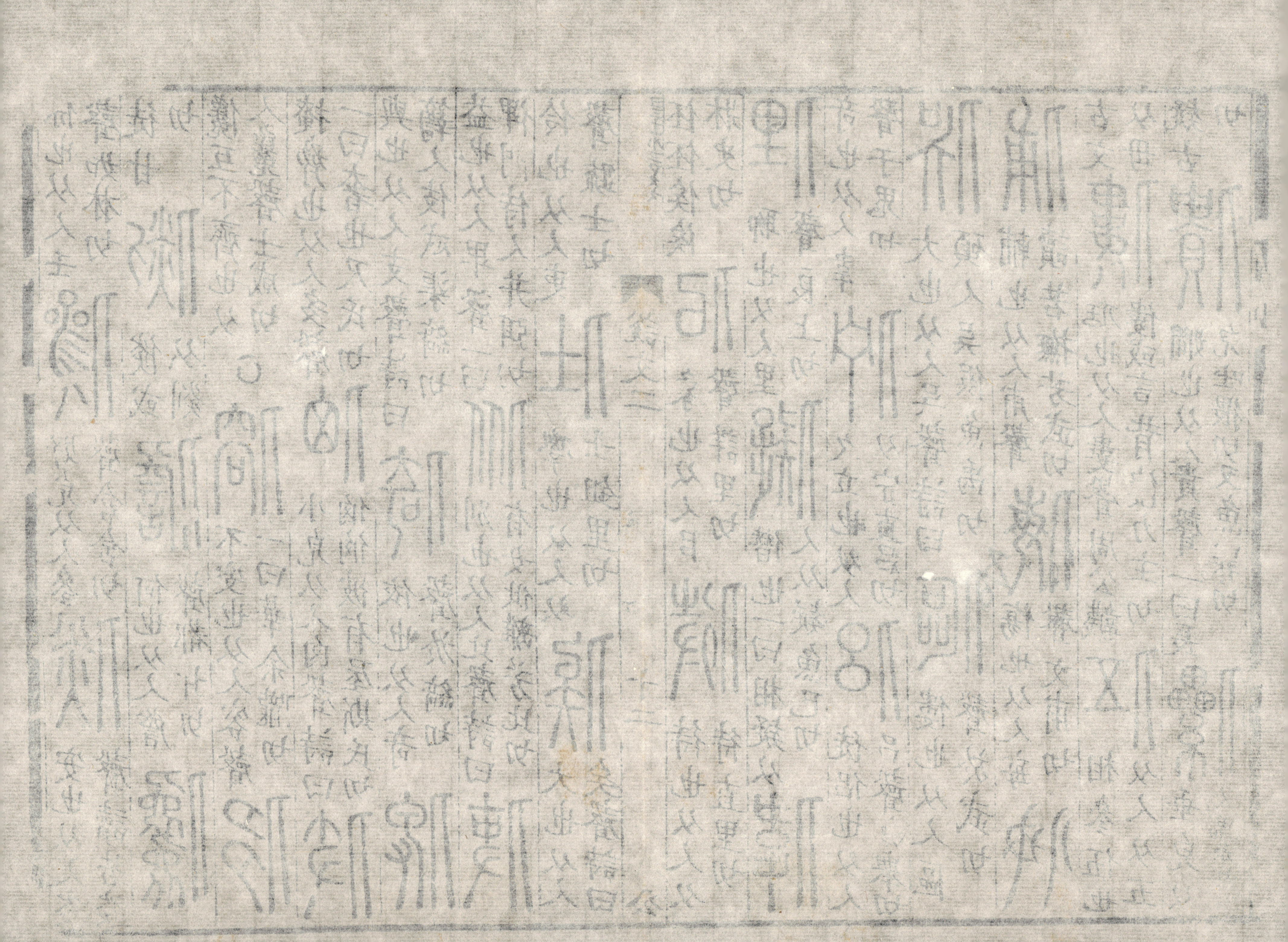

一曰嬾解落猥切 倍 反也从人咅聲薄亥切 佁 癡皃从人台聲讀若騃夷在切 偆 富也从人春聲尺允切 偃 僵也从人匽聲於幰切 僔 聚也从人尊聲詩曰僔沓背憎慈損切 伴 大皃从人半聲薄滿切 儹 最也从人贊聲作管切 但 裼也从人旦聲徒旱切 僩 武皃从人閒聲詩曰瑟兮僩兮下簡切 俴 淺也从人戔聲慈衍切 僐 作姿也从人善聲常演切 ⿰亻然 意膬也从人然聲臣鉉等曰膬耎易破也人善切 僎 具也从人巽聲士 件 分也从人从牛牛大物故可分其輦切 僚 好皃从人尞聲力小切 佼 交也从人从交下巧切

保 養也从人从𤓽省𤓽古文孚博裒切 呆 古文保 𠊷 古文保不省 倒 仆也从人到聲當老切 假 非真也从人叚聲古疋切一曰至也虞書曰假于上下古額切 像 象也从人从象象亦聲讀若養徐兩切 仰 舉也从人从卬魚兩切 仿 相似也从人方聲妃罔切 𠊧 籒文仿从丙 儻 倜儻也从人黨聲他朖切 儆 戒也从人敬聲春秋傳曰儆宮居影切 侹 長皃一曰箸地一曰代也从人廷聲他鼎切 咎 災也从人从各各者相違也其久切 倃 毀也从人咎聲其久切 偶 桐人也从人禺聲五口切 儉 約也

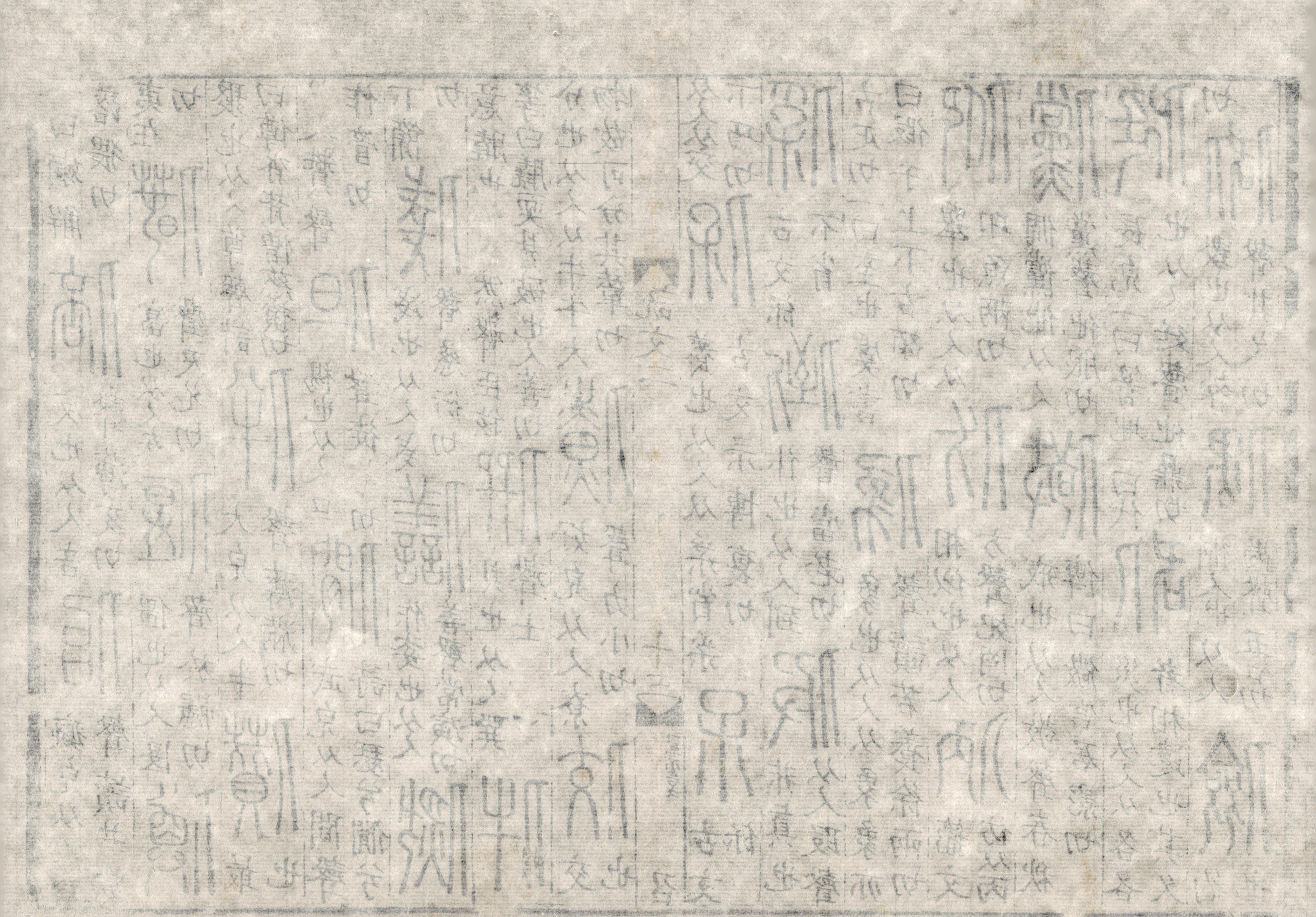

从亼僉聲巨險切

儼 昂頭也从人嚴聲一曰好皃魚儉切

○**仲** 中也从人从中中亦聲直衆切

傷 輕也从人昜聲一曰交傷以豉切

伿 惰也从人只聲以豉切

企 舉踵也从人止聲去智切

𨁋 古文企从足

僞 詐也从人爲聲危睡切

佽 便利也从人次聲詩曰決拾既佽一曰遞也七四切

⿰亻癸 左右兩視从人癸聲其季切

位 列中庭之左右謂之位从人立于備切

備 慎也从人𤰇聲平祕切

𠈃 古文備

侍 承也从人寺聲時吏切

佴 佽也从人耳聲仍吏切

伺 候望也从人司聲相吏切

值 措也从人直聲直吏切

倨 不遜也从人居聲居御切

仆 頓也从人卜聲芳遇切

付 与也从寸持物對人臣鉉等曰寸手也方遇切

傅 相也从人尃聲方遇切

侸 立也从人豆聲讀若樹常句切

係 絜束也从人从系系亦聲胡計切

例 比也从人㓝聲力制切

儈 合市也从人會會亦聲古外切

債 債負也从人責責亦聲側賣切

价 善也从人介聲詩曰价人惟藩古拜切

𠐩 市也从人對聲都隊切

佩 大帶佩也从人从凡从巾佩必有巾巾謂之飾臣鉉等曰今俗別作珮非是蒲妹切

倅 副也从人卒聲七內切

代 更也从人弋聲臣鉉等曰

弋非聲說文忒字與此義訓同疑兼有忒音徒得切

僾 仿佛也从人愛聲詩曰僾而不見烏代切

侲 僮子也从人辰聲章刃切

仞 伸臂一尋八尺从人刃聲而震切

儐 導也从人賓聲必刃切

擯 儐或从手

俊 材千人也从人夋聲子峻切

侚 疾也从人旬聲辭閏切

僅 材能也从人堇聲渠吝切

僨 僵也从人賁聲匹問切

傆 黠也从人原聲魚怨切

健 伉也从人建聲渠建切

傿 引爲賈也从人焉聲於建切

俒 完也逸周書曰朕實不明以俒伯父从人从完胡困切

僤 疾也从人單聲周禮曰句兵欲無僤徒案切

偄 弱也从人从耎奴亂切 㬮小言兮大

倌 小臣也从人从官詩曰命彼倌人古患切

倩 人字从人青聲東齊壻謂之倩倉見切

佃 中也从人田聲春秋傳曰乘中佃一轅車堂練切

俔 譬諭也一曰間見从人从見詩曰俔天之妹苦甸切

傓 熾盛也从人扇聲詩曰豔妻傓方處式戰切

僝 具也从人孨聲讀若汝南潺水虞書曰旁救僝功士戀切

傳 遽也从人專聲直戀切

倦 罷也从人卷聲渠眷切

偭 鄉也从人面聲少儀曰尊壺者偭其鼻彌箭切

弔 問終也古之葬者厚衣之以薪从人持弓會敺禽多嘯切

僄 輕也从人票聲匹妙切

傲 倨也从人敖聲五到切

侳 安也从人坐聲則臥切

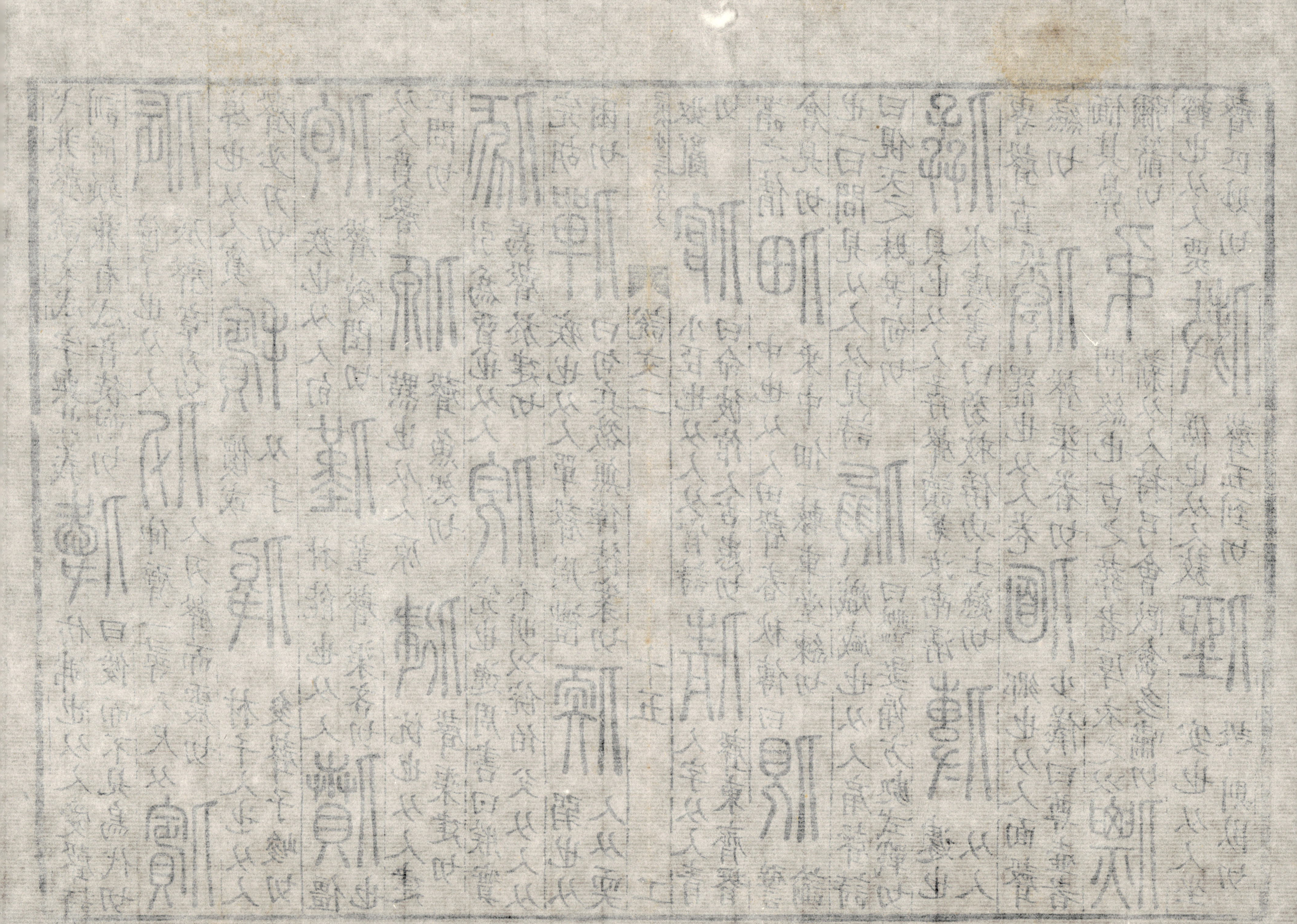

價 物直也从人賈賈亦聲古訝切

倡 樂也从人昌聲尺亮切

俇 遠行也从人狂聲居況切

伉 人名从人亢聲論語有陳伉苦浪切

倞 彊也从人京聲渠竟切

併 並也从人幷聲卑正切

偋 僻寠也从人屏聲毗正切

偵 問也从人貞聲丑鄭切

𠈵 送也从人灷聲吕不韋曰有侁氏以伊尹𠈵女古文以爲訓字臣鉉等曰灷不成字當从朕省案勝字从朕聲疑古者朕或音𠈵以證切

僦 賃也从人就就亦聲即就切

僇 癡行僇僇也从人翏聲讀若雡一曰且也力救切

候 伺望也从人侯聲胡遘切

佝 務也从人句聲苦候切

傔 從也从人兼聲苦念切

僭 假也从人朁聲子念切

㑀 司也从人从犬臣鉉等曰司今作伺息茲切

俶 善也从人叔聲詩曰令終有俶一曰始也昌六切

儥 賣也从人𧶠聲余六切

促 迫也从人足聲七玉切

俗 習也从人谷聲似足切

偓 佺也从人屋聲於角切

倬 箸大也从人卓聲詩曰倬彼雲漢竹角切

⿰亻疾 妎也从人疾聲一曰毒也秦悉切

嫉 ⿰亻疾或从女

佖 威儀也从人必聲詩曰威儀佖佖毗必切

佚 佚民也从人失聲一曰佚忽也夷質切

佾 舞行列也从人肙聲夷質切

佶 正也从人吉聲詩曰既佶且閑巨乙切

仡 勇壯也从人气聲周書曰仡

仡勇夫魚訖切

佛 見不審也从人弗聲敷勿切

伐 擊也从人持戈一曰敗也房越切

佸 會也从人昏聲詩曰曷其有佸一曰佸佸力皃古活切

僁 聲也从人悉聲讀若屑私列切

偰 高辛氏之子堯司徒殷之先从人契聲私列切

傑 傲也从人桀聲渠列切

⿰亻卻 徼御受屈也从人卻聲其虐切

侂 寄也从人庑聲庑古文宅他各切

作 起也从人从乍則洛切

佰 相什伯也从人百博陌切

伯 長也从人白聲博陌切

借 假也从人昔聲資昔切

僻 避也从人辟聲詩曰宛如左僻一曰从旁牽也普擊切

倜 倜儻不羈也从人从周未詳他歷切

仢 約也从人勺聲徒歷切

側 旁也从人則聲阻力切

侙 惕也从人式聲春秋國語曰於其心侙然恥力切

億 安也从人意聲於力切

侐 靜也从人血聲詩曰閟宮有侐況逼切

僰 犍為蠻夷从人棘聲蒲北切

什 相什保也从人十是執切

伋 人名从人及聲居立切

佮 合也从人合聲古沓切

僷 宋衛之間謂華僷僷从人葉聲与涉切

倢 佽也从人疌聲子葉切

𠐍 心服也从人聶聲齒涉切

儠 長壯儠儠也从人巤聲春秋傳曰長儠者相之良涉切

俠 俜也从人夾聲胡頰切

俺 大也从人奄聲於業切

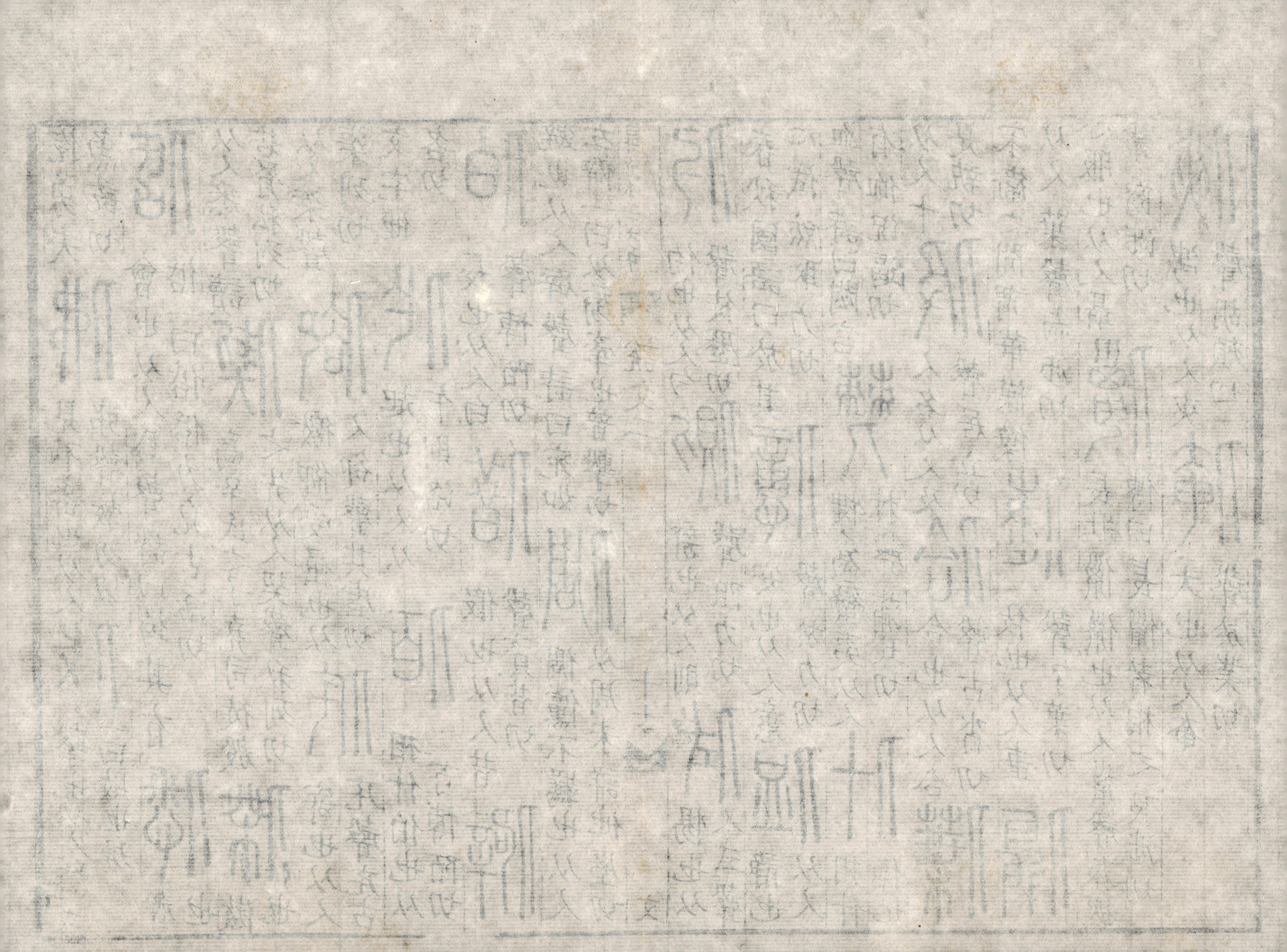

伺下注云說文自低已下六字从人皆從人所加謂低債價停僦伺也今旣分入諸韻六字不相屬移識于後

文二百四十五重十四文十八新附

儿 七十六 仁人也古文奇字人也象形孔子曰在人下故詰屈凡儿之屬皆从儿 如鄰切

充 長也高也从儿育省聲昌終切

兒 孺子也从儿𦥑兒頭囟未合汝移切

○允 信也从儿㠯聲余準切

○兌 說也从儿㕣聲臣鉉等曰㕣古文兖字非聲當从口从八象气之分散易曰兌爲巫爲口大外切

○兀 高而上平也从一在人上讀若夐茂陵有兀桑里五忽切

文六

辛 七十七 秋時萬物成而孰金剛味辛辛痛即泣出从一从䇂䇂辠也辛承庚象人股凡辛之

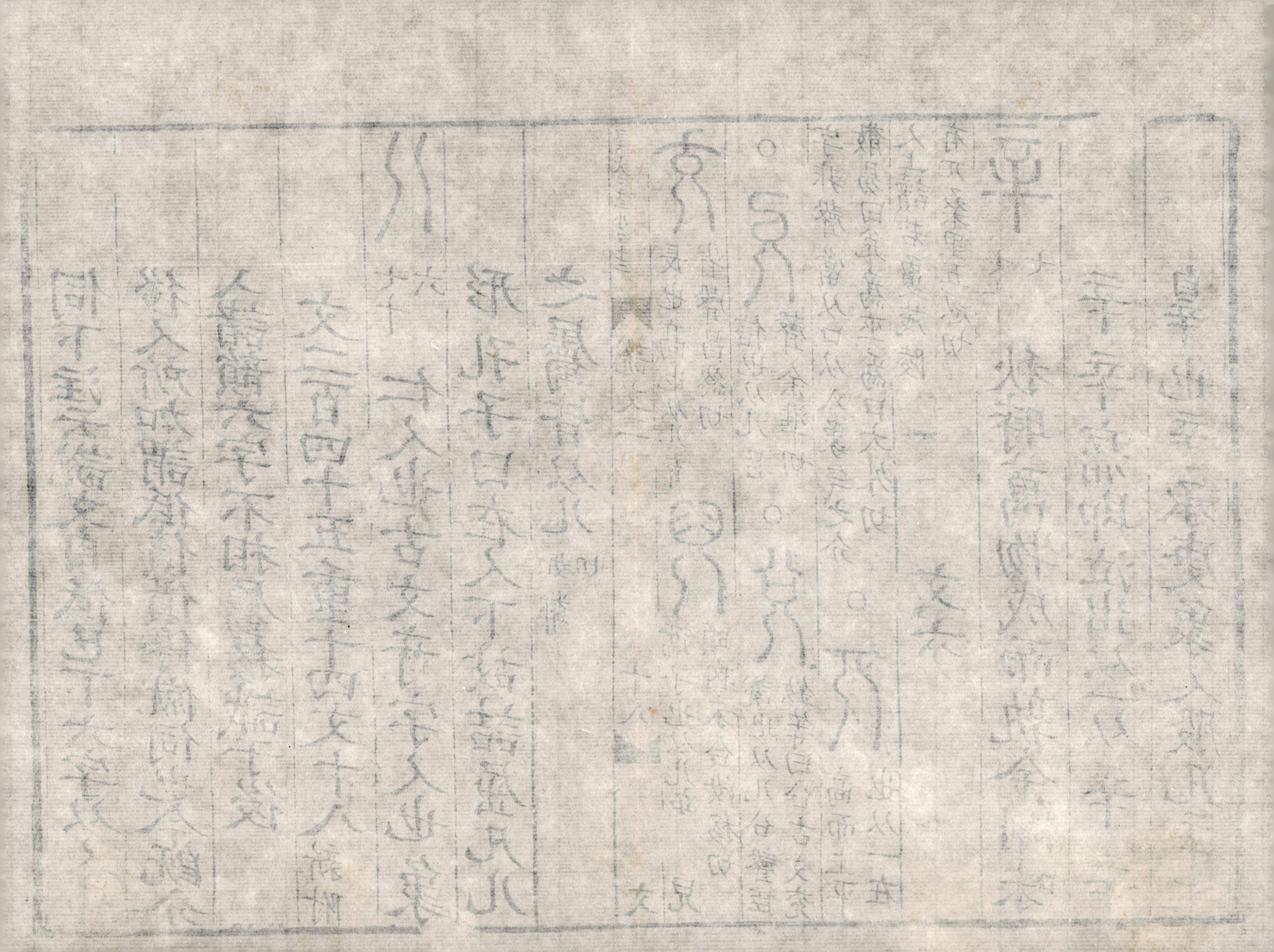

屬皆从辛 息鄰切

辭 訟也从𤔔𤔔猶理辜也𤔔理也似茲切 䛐 籀文辭从司

辤 不受也从辛从受受辛宜辤之似茲切 辝 籀文辤从台

辜 辠也从辛古聲古乎切 𣦸 古文辜从死

○辠 犯法也从辛从自言辠人蹙鼻苦辛之憂秦以辠似皇字改爲罪臣鉉等曰自古者以爲鼻字故从自徂賄切

○辥 辠也从辛𡴀聲私列切

文六　重三

頻 七十八 水厓人所賓附頻蹙不前而止从頁从涉凡頻之屬皆从頻 臣鉉等曰今俗別作水濱非是符眞切

顰 涉水顰蹙从頻卑聲符眞切

文二

民 七十九 眾萌也从古文之象凡民之屬皆从民 彌鄰切 𢫻 古文民

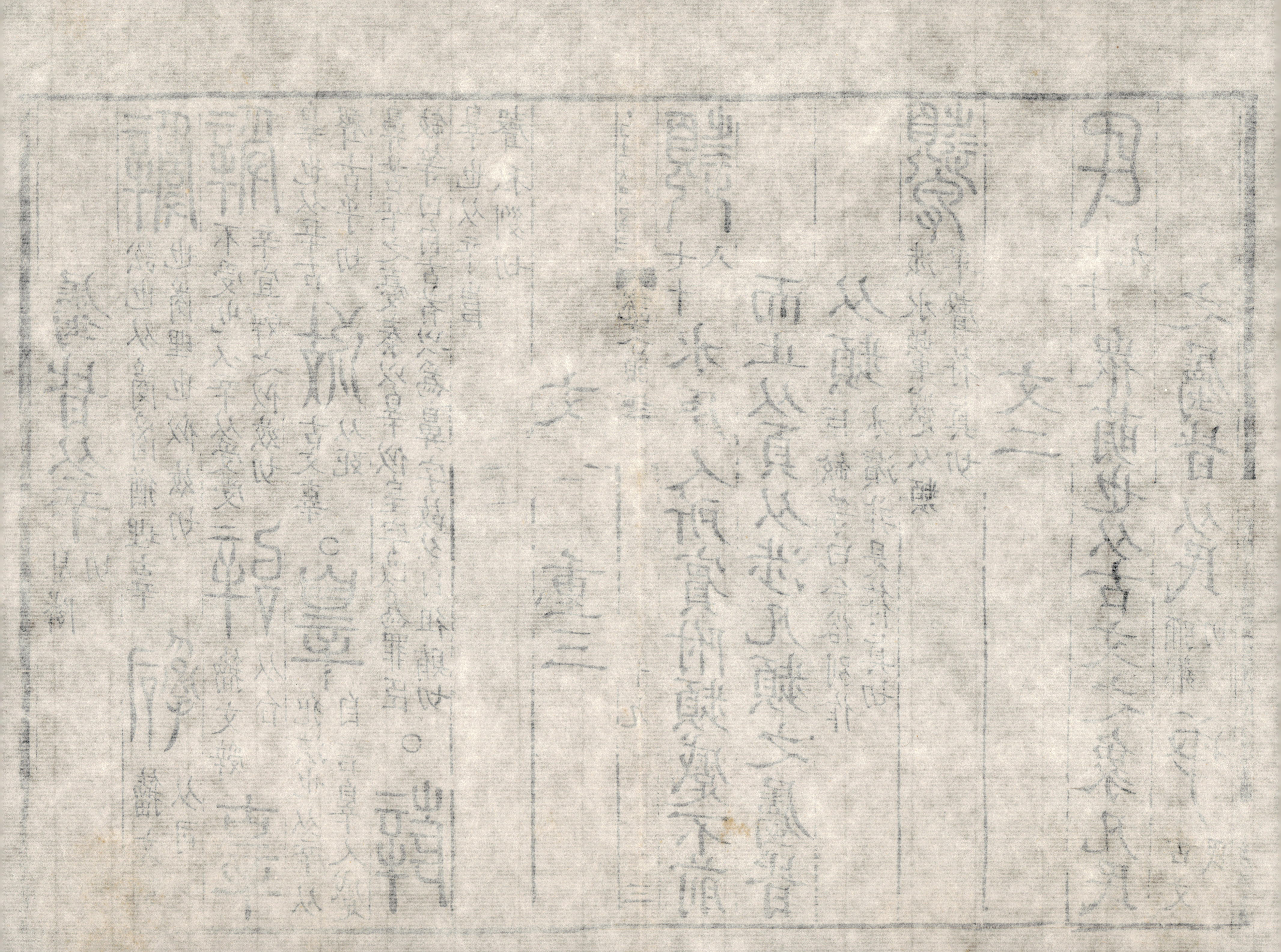

氓 民也从民亡聲讀若盲武庚切

文二 重一

灥 八十三 三泉也闕凡灥之屬皆从灥 詳遵切

厵 水皀也从灥出厂 愚袁切

原 篆文从泉臣鉉等曰今別作源非是

文二 重一

寅 八十一 髕也正月陽气動去黃泉欲上出陰尚彊象宀不達髕寅於下也凡寅之屬皆从寅

𢍻 古文寅

徐鍇曰髕擯斥之意人陽气銳而出上閡於宀臼所以擯之也弋眞切

文一 重一

巾 八十二 佩巾也从冂丨象糸也凡巾之屬皆从巾 居銀切

凡巾之屬皆从巾 居銀切

巾 佩巾也从冂丨象糸也

文一 重一

𡩟 古文寅

上閡於宀 [illegible] 弋真切 徐鍇曰髕擯也 [illegible]

寅於下也凡寅之屬皆从寅

欲上出陰尚彊象宀不達髕寅

寅 髕也正月陽气動去黃泉

文二 重一

厵 水泉本也从灥出厂下 愚袁切 原 篆文从泉 臣鉉等曰今別作源非是

灥 三泉也闕凡灥之屬皆从灥 詳遵切

文二 重一

永 長也象水巠理之長詩曰江之永矣 于憬切

幏 蓋衣也从巾冡聲莫紅切
幒 幝也从巾悤聲一曰帙職茸切
幒从松
幢 旌旗之屬从巾童聲宅江切
帷 在旁曰帷从巾隹聲洧悲切
古文帷
幑 幟也以絳徽帛著於背从巾微省聲春秋傳曰揚徽者公徒許歸切
幃 囊也从巾韋聲許歸切
帤 巾帤也从巾如聲一曰幣巾女余切
正耑裂也从巾俞聲山樞切
帑 金幣所藏也从巾奴聲乃都切
幠 覆也从巾無聲荒烏切
領耑也从巾旬聲相倫切
載米𡬩也从巾盾聲讀若易屯卦之屯陟倫切
帉 楚謂大巾曰帉从巾分聲撫文切

幩 馬纏鑣扇汗也从巾賁聲詩曰朱幩鑣鑣符分切
帬 下裳也从巾君聲渠云切
裠 帬或从
帵 幡也从巾夗聲於袁切
幡 書兒拭觚布也从巾番聲甫煩切
幝 幒也从巾軍聲古渾切
褌 幝或从衣
墀地以巾撋之从巾夒聲讀若水溫𩔾也一曰箸也乃昆切
幋 覆衣大巾从巾般聲或以為首鞶薄官切
○ 布出東萊从巾弦聲胡田切
幡幟也从巾前聲則前切
幧 斂髮也从巾喿聲七搖切
幖 幟也从巾㶾聲方招切
常 下帬也从巾尚聲市

羊切 裳 常或从衣 㡆 設色之工治絲練者从巾㠩聲一曰㡆隔讀若荒呼光切 幐 囊也从巾朕聲徒登切 幬 禪帳也从巾𠷎聲直由切

㡡 楚謂無緣衣也从巾監聲魯甘切 㡨 拭也从巾韱聲精廉切 㡘 帷也从巾兼聲力鹽切 ○ 𢁀 㡀裂也从巾匕聲卑履切 𢅻 以囊盛穀大滿而裂也从巾奮聲方吻切 幰 車幔也从巾憲聲虛偃切 幝 車弊皃从巾單聲詩曰檀車幝幝昌善切

帚 糞也从又持巾埽冂內古者少康初作箕帚秫酒少康杜康也葬長垣支手切 ○ 帔 弘農謂帬帔也从巾皮聲披義切

幟 旌旗之屬从巾戠聲昌志切 布 枲織也从巾父聲博故切 𢄊 禮巾也从巾从執輸芮切 㡜 殘帛也从巾祭聲所例切又先劉切 幣 帛也从巾敝聲毗祭切 帶 紳也男子鞶帶婦人帶絲象繫佩之形佩必有巾从巾當蓋切 幗 婦人首飾从巾國聲古對切 帒 囊也从巾代聲或从衣徒耐切 𢁒 枕巾也从巾刃聲而振切 幔 幕也从巾曼聲莫半切 帣 囊也今鹽官三斛爲一帣从巾𢍏聲居倦切 帊 帛二幅曰帊从巾巴聲普駕切 幏 南郡蠻夷賨布从巾家聲古訝切 帳 張也从巾

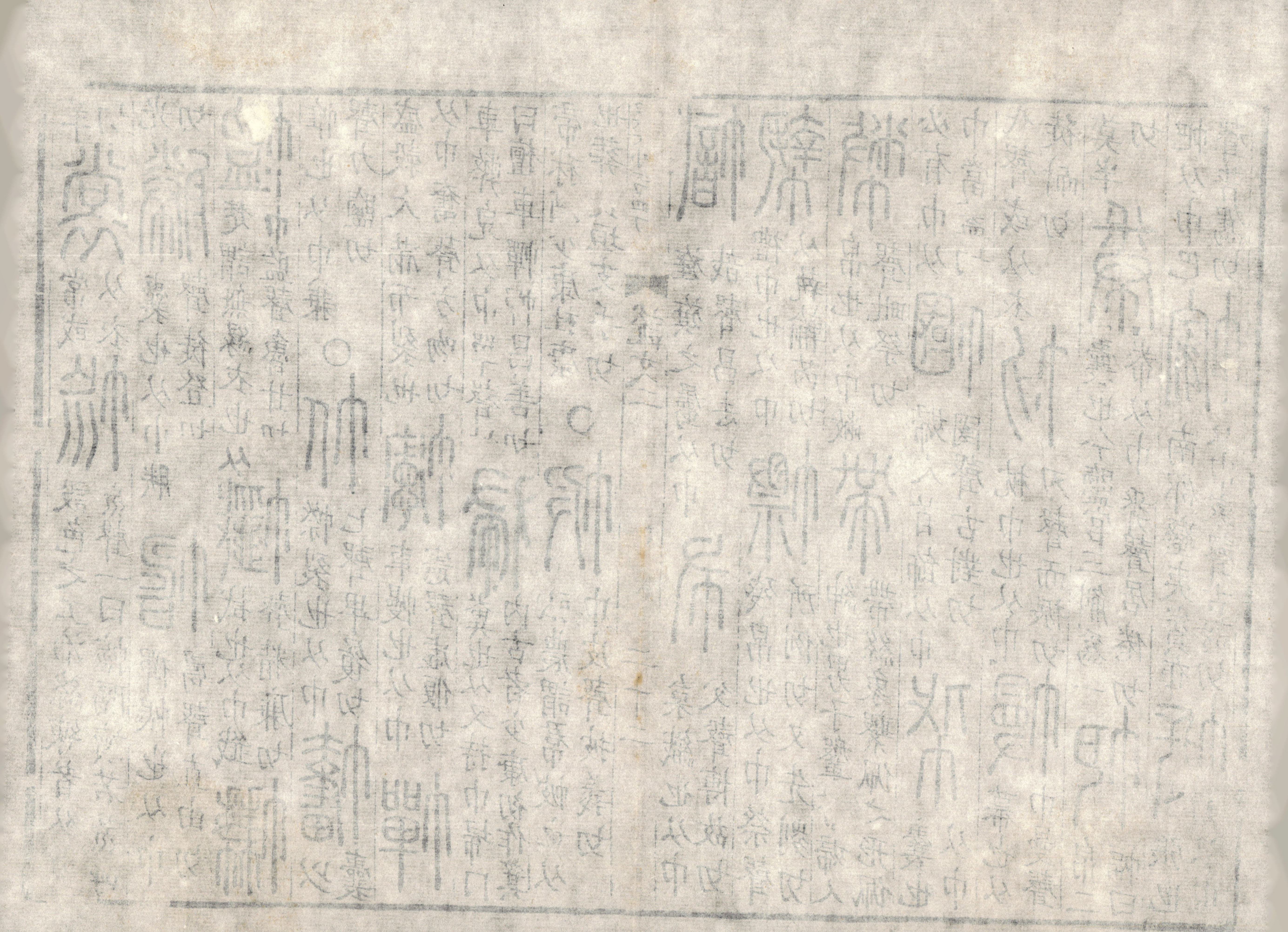

長聲知諒切〇

⿰巾敄 髼布也一曰車上衡衣从巾敄聲讀若頊莫卜切

幅 布帛廣也从巾畐聲方六切

⿰巾菐 巾帗也从巾菐聲房玉切

帥 佩巾也从巾𠂤所律切

帨 帥或从兌又音稅

帙 書衣也从巾失聲直質切

袠 帙或从衣

帗 一幅巾也从巾犮聲讀若撥北末切

⿰巾剌 剬也从巾剌聲盧達切

帴 帬也一曰帗也一曰婦人脅衣从巾戔聲讀若末殺之殺所八切

幭 蓋幭也从巾蔑聲一曰襌被莫結切

幕 帷在上曰幕覆食案亦曰幕从巾莫聲慕各切

幘 髮有巾曰幘从巾責聲側革切

席 籍也禮天子諸侯席有黼繡純飾从巾庶省臣鉉等曰席以待賓客之禮賓主非一人故从庶祥易切

囩 古文席从石省

帟 在上曰帟从巾亦聲羊益切

幎 幔也从巾冥聲周禮有以人莫狄切

幦 髼布也从巾辟聲周禮曰駹車大幦莫狄切

飾 㕞也从巾从人食聲讀若式一曰襐飾賞隻切

⿰巾及 蒲席𩋤也从巾及聲讀若蛤古沓切

⿰巾耴 領耑也从巾取聲陟葉切

帖 帛書署也从巾占聲他叶切

文六十二 重八

文九 新附

[illegible] 新附

文六十二 重八

[illegible]

帖 [illegible]

[illegible]

市 [illegible] 天子朱市 諸侯赤市 [illegible]

[illegible] 篆文市 [illegible]

𩋹 [illegible] 从市合聲 [illegible]

[illegible]

幬 [illegible]

[illegible]

[illegible] ○ [illegible]

屾 八十二 二山也凡屾之屬皆从屾 所臻切

嵞 會稽山一曰九江當嵞也民以辛壬癸甲之日嫁娶从屾余聲虞書曰予娶嵞山 同都切

文二

文 八十四 錯畫也象交文凡文之屬皆从文 無分切

𤕌 微畫也从文𠩺聲 里之切

辬 駁文也从文辡聲 布還切

○斐 分別文也从文非聲易曰君子豹變其文斐也 敷尾切

文四

彣 八十五 㦸也从彡从文凡彣之屬皆从彣 無分切

彥 美士有文人所言也从彣厂聲 魚變切

文二

雲 八十六 山川气也从雨云象雲回轉形凡雲之屬皆从雲 王分切

云 古文省雨

𠄔 亦古文雲

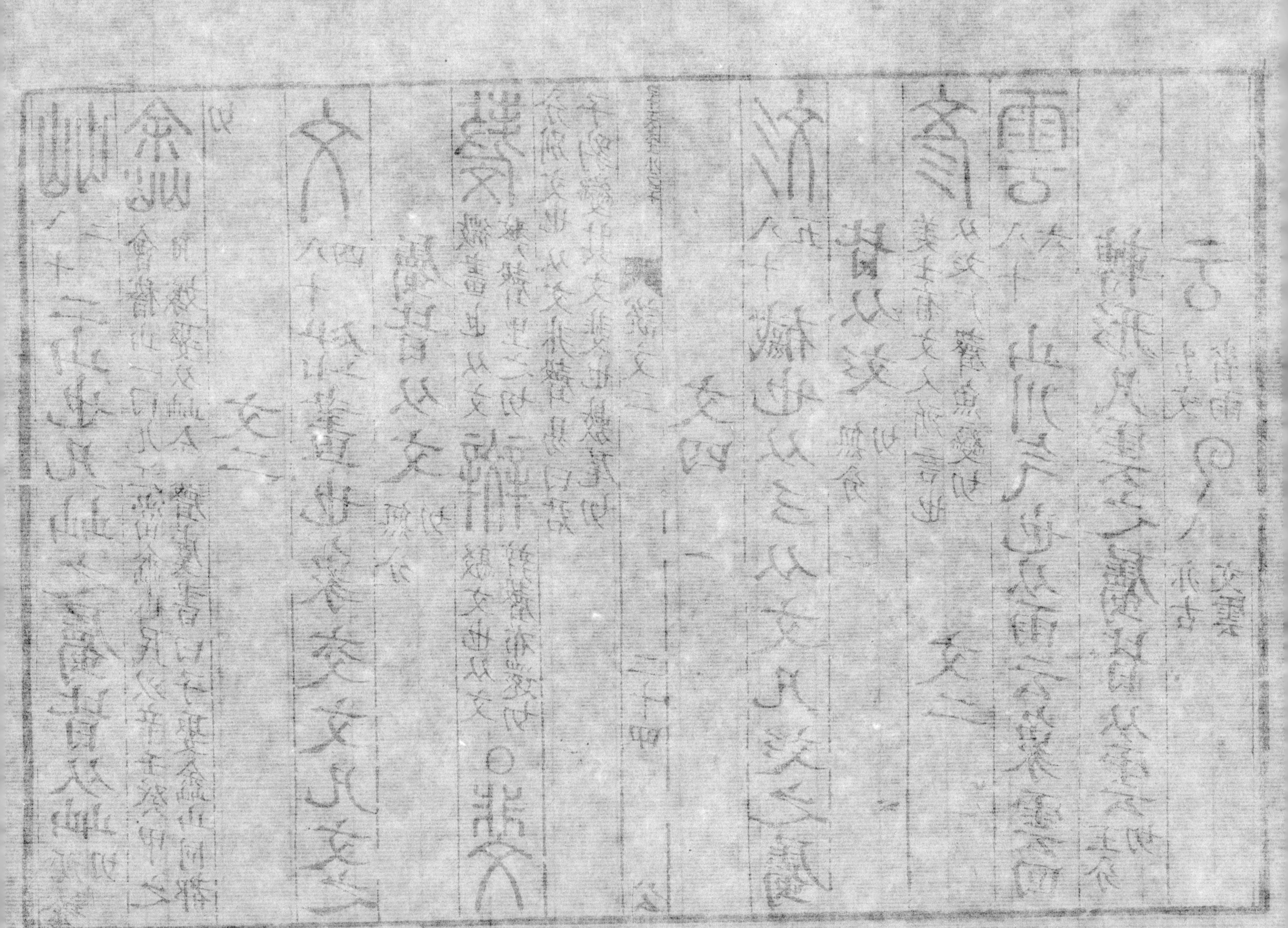

霒 雲覆日也从雲今聲 於今切 侌 古文或省 𠆶 亦古文霒

文二　重四

斤 八十七 斫木也象形凡斤之屬皆从斤 舉欣切

斯 析也从斤其聲詩曰斧以斯之 息移切 斪 斫也从斤句聲 其俱切

新 取木也从斤亲聲 息鄰切 斦 二斤也从二斤 語斤切 ○ 斨 方銎斧也从斤爿聲詩曰又鈌我斨 七羊切 ○ 所 伐木聲也从斤戶聲詩曰伐木所所 踈舉切

斧 斫也从斤父聲 方矩切 釿 劑斷也从斤金 宜引切 𣃈 柯擊也从斤良聲 來可切 ○ 斷 截也从斤从㡭㡭古文絕 徒玩切

㫁 古文斷从皀皀古文叀字周書曰詔詔猗無他技 𣃔 亦古文 ○ 斸 斫也从斤屬聲 陟玉切 斲 斫也从斤𧰼臣鉉等曰𧰼器也斤以斷之 竹角切 𣃏 斲或从畫从丮 斫 擊也从斤石聲 之若切 斮 斬也从斤昔聲 側略

文十五　重三

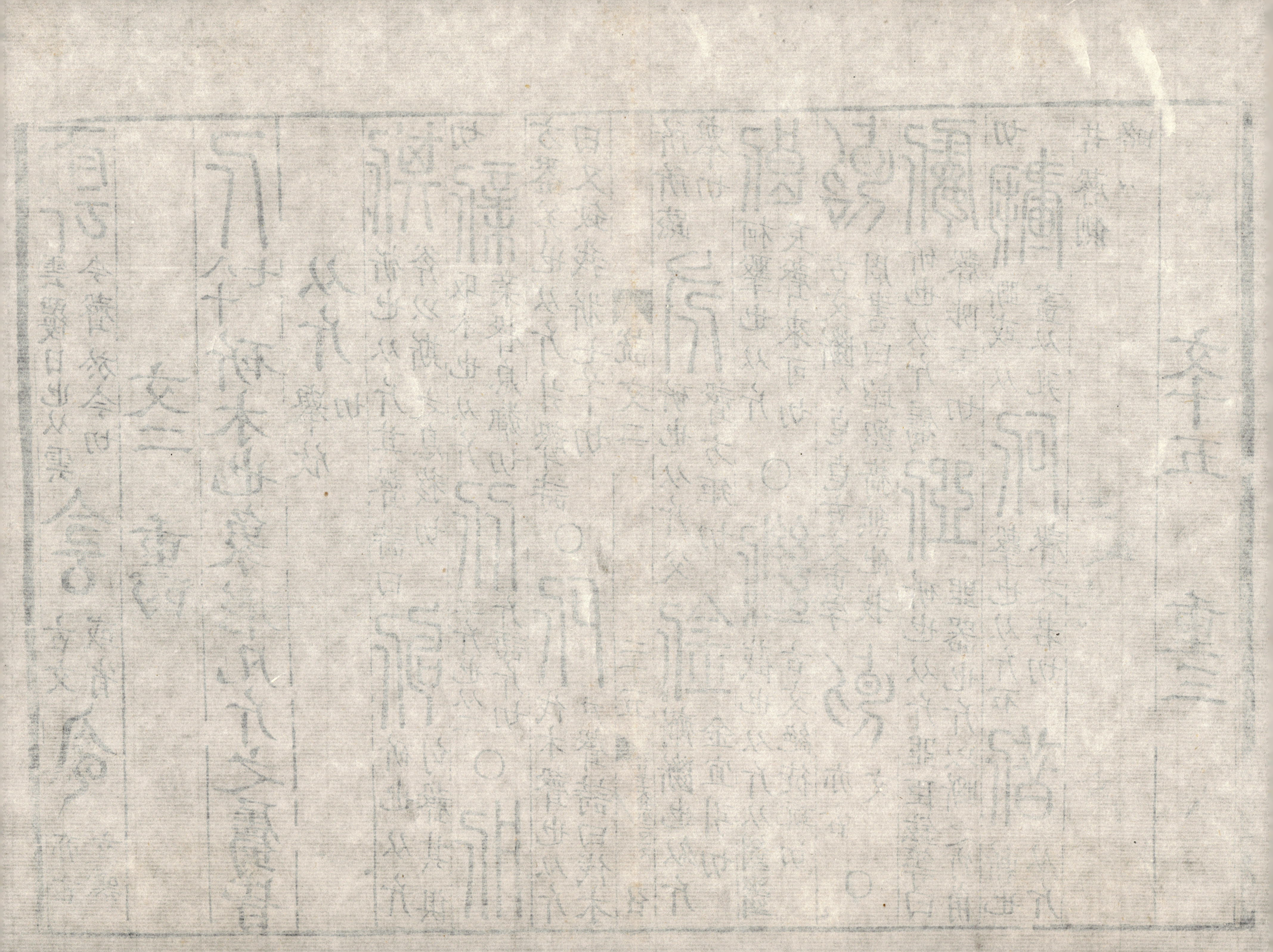

筋 八十八 肉之力也从力从肉从竹竹物之多筋者凡筋之屬皆从筋 居銀切

𣂈 筋之本也从筋从夗省聲渠建切 腱 𣂈或从肉建 ○ 笏 筋或从竹 手足指節鳴也从筋省勺聲北角切 𦙶 笏或省竹

文三 重二

堇 八十九 黏土也从土从黄省凡堇之屬皆从堇 巨斤切 𡎼 𡎸 皆古文堇

艱 土難治也从堇艮聲古閑切 囏 籒文艱从喜

文二 重三

㹜 九十 兩犬相齧也从二犬凡㹜之屬皆从㹜 語斤切

𤞞 司空也从㹜臣聲復說獄司空息茲切 ○ 獄 确也从㹜从言二犬所以守也

魚欲切

文三

吅 一九十 驚嘑也从二口凡吅之屬皆从吅讀若讙臣鉉等曰或通用讙今俗别作喧非是况袁切

單 大也从吅𠀬吅亦聲闕都寒切

○ 𡅅 亂也从爻工交吅一曰窒𡅅讀若禳徐鍇曰二口噂沓也爻物相交質也工人所作也己象交構形女庚切 𡅅 籒文𡅅

嚴 教命急也从吅厰聲語杴切 𠪚 古文

○ 咢 譁訟也从吅屰聲五各切

喌 呼雞重言之从吅州聲讀若祝之六切

文六 重三

言 二九十 直言曰言論難曰語从口䇂聲凡言之屬皆从言語軒切

詷 共也一曰譀也从言同聲周書曰在夏后之詷徒紅切

訌 讀也从言工聲詩曰蟊賊内訌户工切

詾 説也从言匈聲許容切 訩 或省 𧮾 詾或从兇

謧 謧詍多言也从言离聲呂之切

誰 何也从言隹聲示隹切

謘 語諄謘也从言厗聲直离切

詩

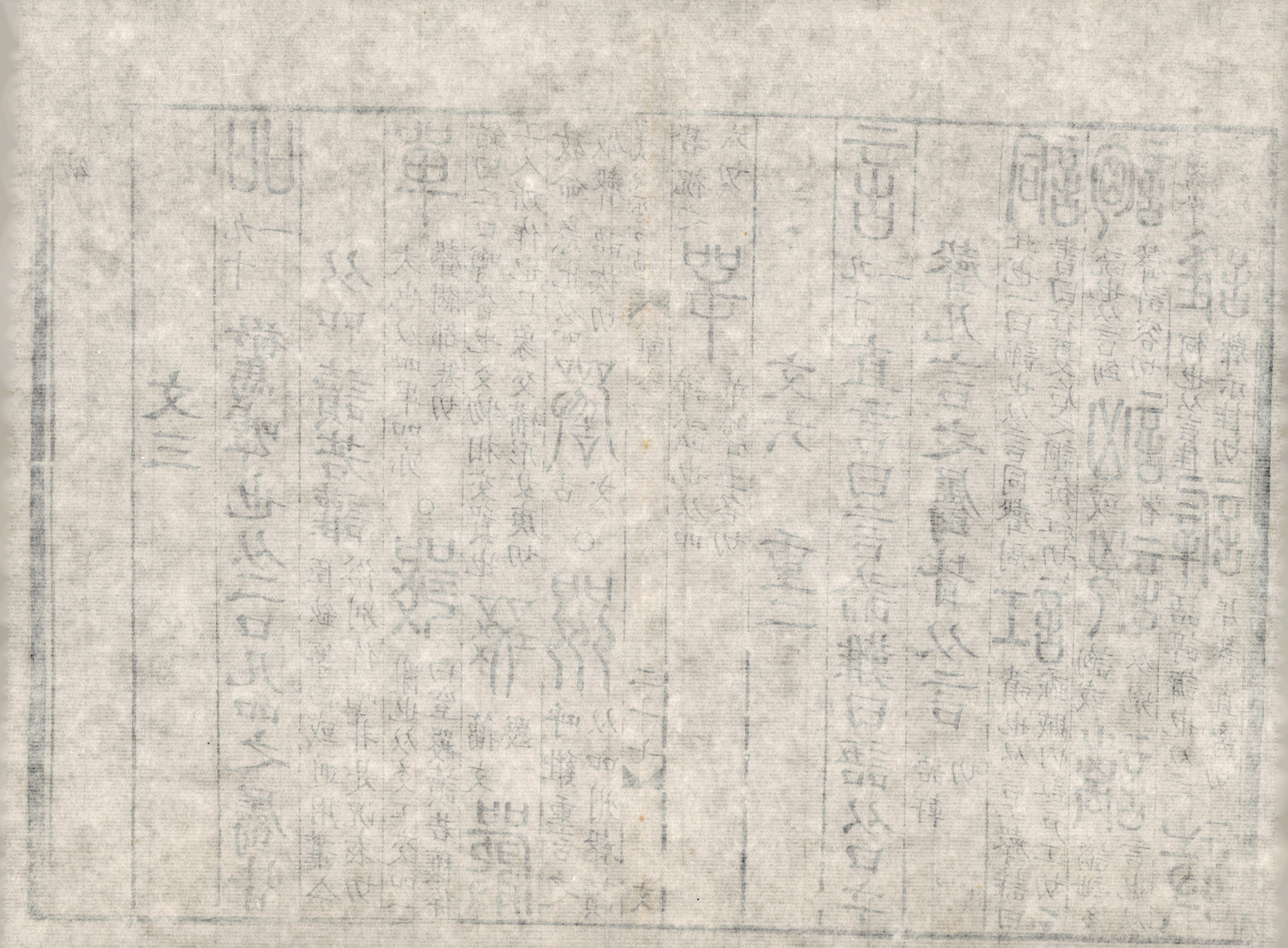

志也从言寺聲書之切 **𧥺** 古文詩省 **誒** 可惡之辭从言矣聲一曰誒然春秋傳曰

誒誒出出許其切 **詒** 相欺詒也一曰遺也从言台聲與之切 **譆** 痛也从言喜聲

火衣切 **譏** 誹也从言幾聲居衣切 **諸** 辯也从言者聲章魚切 **諆**

欺也从言其聲去其切 **謣** 妄言也从言雩聲羽俱切 **[seal]** 謣或从荂 **訏** 詭譌

也从言亏聲一曰訏蕃齊楚謂信曰訏况于切 **誣** 加也从言巫聲武扶切 **諏** 聚謀

也从言取聲子于切 **誅** 討也从言朱聲陟輸切 **諛** 諂也从言臾聲羊朱切

謨 議謀也从言莫聲虞書曰咎繇謨莫胡切 **[seal]** 古文謨从口 **誧**

大也一曰人相助也从言甫聲讀若逋博孤切 **謼** 召也从言乎聲荒烏切 **[seal]**

悲聲也从言斯省聲先稽切 **諧** 詥也从言皆聲戶皆切 **[seal]** 譟也从言魋聲杜回

切 **該** 軍中約也从言亥聲讀若心中滿該古哀切 **謓** 恚也从言

眞聲賈侍中說謓笑一曰讀若振昌眞切 **[seal]** 匹也从言頻聲符眞切 **諄**

告曉之孰也从言𦎫聲讀若庉章倫切 **詢** 謀也从言旬聲相倫切 **誾**

和說而諍也从言門聲語巾切 **詵** 致言也从言从先先亦聲詩曰螽斯羽詵

詵兮所臻切 **訢** 喜也从言斤聲許斤切 **諼** 詐也从言爰聲况袁切

論 議也从言侖聲盧昆切
讕 抵讕也从言闌聲洛干切
譋 讕或从閒
讙 譁也从言雚聲呼官切
謾 欺也从言曼聲母官切
諞 便巧言也从言扁聲周書曰戩戩善諞言論語曰友諞佞部田切
訮 諍語訮訮也从言幵聲呼堅切
謰 謰謱也从言連聲力延切
詮 具也从言全聲此緣切
譔 專教也从言巽聲此緣切
䜌 亂也一曰治也一曰不絕也从言絲呂員切
𢿥 古文䜌
譞 譞慧也从言圜省聲許緣切
調 和也从言周聲徒遼切
䛂 徒歌从言肉余招切
譊 恚呼也从言堯聲女交切
訬 訬擾也一曰訬獪从言少聲讀若毚楚交切
諕 號也从言从虎乎刀切
謷 不肖人也从言敖聲一曰哭不止悲聲謷謷五牢切
謟 往來言也一曰小兒未能正言也一曰祝也从言匋聲大牢切
𧦦 謟或从包
訶 大言而怒也从言可聲虎何切
誐 嘉善也从言我聲詩曰誐以溢我吾何切
譌 譌言也从言爲聲詩曰民之譌言五禾切
詑 沇州謂欺曰詑从言它聲託何切
𧫫 咨也一曰痛惜也从言差聲子邪切
謯 謯娽也从言虘聲側加切
譇 譇拏羞窮也从言奢聲陟加切
謘 言相謘司也从言兒聲女家切
譁 讙也从言華聲呼瓜切
誇 譀也从言夸聲苦瓜切
詳 審議也从言羊聲似羊切
[illegible]

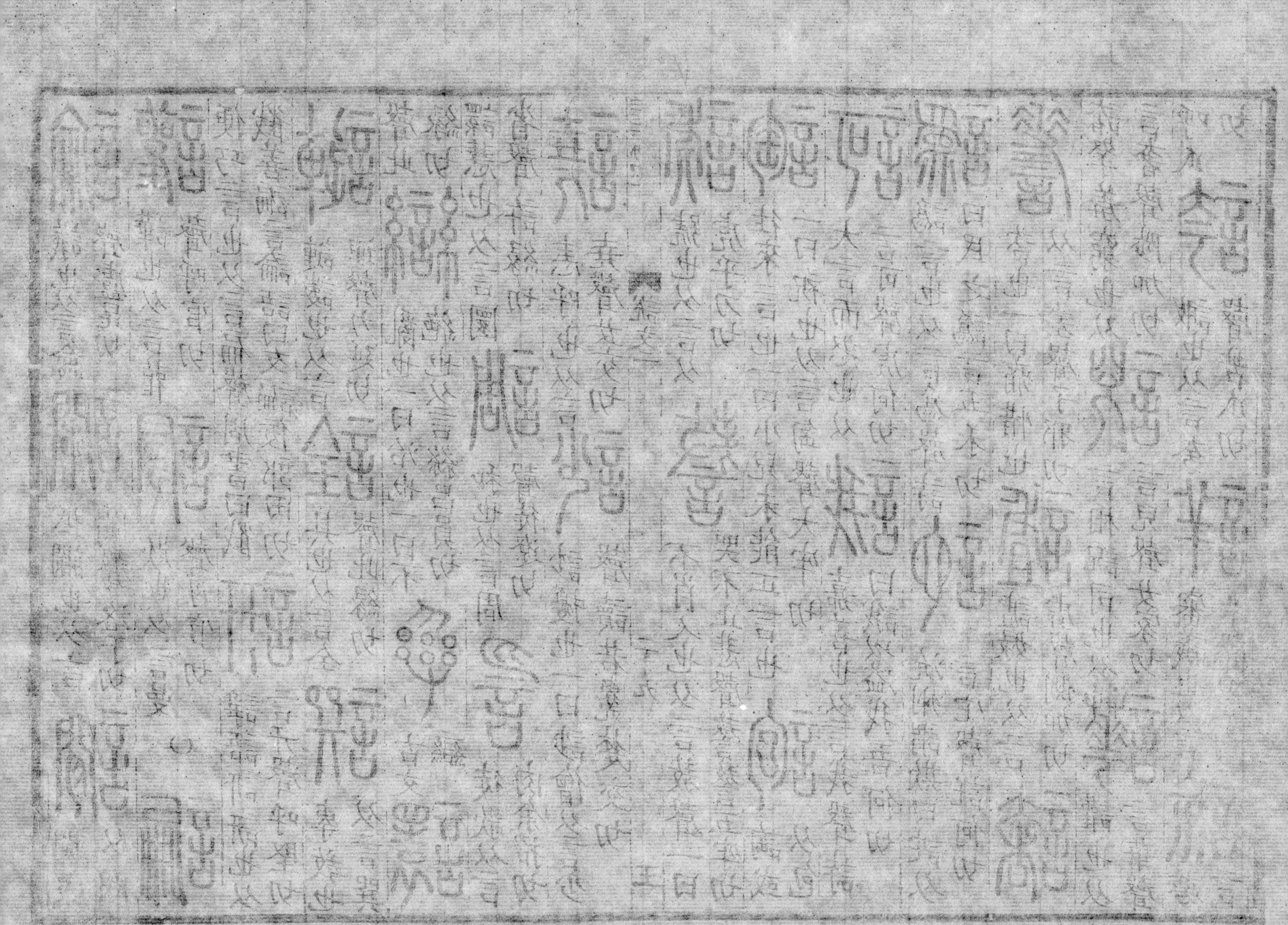

（謊）……也从言巟聲呼光切

譻 聲也从言賏聲烏莖切

訇 騃言聲从言勻省聲漢中西域有訇鄉又讀若玄虎橫切

𧦒 籒文不省

誠 信也从言成聲氏征切

謍 小聲也从言熒省聲詩曰謍謍青蠅余傾切

䚮 厚也从言乃聲如乘切

謄 迻書也从言朕聲徒登切

譄 加也从言曾聲作滕切

訧 罪也从言尤聲周書曰報以庶訧羽求切

訄 迫也从言九聲讀若求巨鳩切

譸 詶也从言壽聲讀若醻周書曰無或譸張爲幻張流切

讎 猶䧹也从言雔聲市流切

詶 譸也从言州聲市流切

謳 齊歌也从言區聲烏侯切

謀 慮難曰謀从言某聲莫浮切

三三二小三三七二

𠰓 古文謀

𢘻 亦古文

謱 謰謱也从言婁聲洛侯切

諶 誠諦也从言甚聲詩曰天難諶斯是吟切

訦 燕代東齊謂信訦从言冘聲是吟切

謲 相怒使也从言參聲倉南切

諳 悉也从言音聲烏含切

談 語也从言炎聲徒甘切

譣 問也从言僉聲周書曰勿以譣人息廉切

詽 詽訮多語也从言冄聲樂浪有詽邯縣汝閻切

謙 敬也从言兼聲苦兼切

諴 和也从言咸聲周書曰不能諴于小民胡毚切

讒 譖也从言毚聲士咸切

講 和解也从言冓聲古項切

諟 理也从言是聲承旨切

誃 離别也从言多聲讀若論語跢予之足周

切[illegible]

古懷切 [illegible] 理也从言里聲 [illegible] 从言多聲 讀若[illegible] 讀

小反[illegible]切 [illegible] 也从言[illegible]聲 ● [illegible] 从言[illegible]

日不[illegible]切 [illegible]也从言[illegible] [illegible] 本[illegible]也从言[illegible]周書

[illegible] [illegible]也从言[illegible]聲 [illegible] 也从言[illegible]

也从言[illegible]聲 [illegible] 也从言[illegible] [illegible] 名[illegible]

[illegible] 日[illegible]切 [illegible] 从言 [illegible] [illegible]周書

語也从言[illegible] [illegible] 日[illegible]也从言[illegible]周書 [illegible]

切 [illegible] 參[illegible]會[illegible] 南也从言[illegible] [illegible] 來也从言吾[illegible]

令 [illegible] 相[illegible] 也从言[illegible] [illegible] 从言[illegible]聲

[illegible] 曰天難[illegible]是[illegible]切 [illegible] 从言[illegible]

[illegible] 也从言其聲 [illegible] 从言[illegible] 从言[illegible]

[illegible] 古文 [illegible] 亦古文 [illegible] 从言[illegible]

[illegible] 說文 [illegible]

[illegible]切 [illegible] 从言[illegible] 也从言[illegible] [illegible] 从言[illegible]

[illegible] 从言[illegible] [illegible] 市流切 [illegible] 也从言[illegible]

[illegible] 日[illegible]切 [illegible] 讀若[illegible] 也从言[illegible] 周書

[illegible] 也从言[illegible] [illegible] 也从言[illegible] 曰[illegible]

[illegible] 从言[illegible] [illegible] 也从言[illegible] [illegible]

[illegible] 曰[illegible]言[illegible] 从言[illegible] [illegible] 从言[illegible]

[illegible] 小[illegible]也从言[illegible] [illegible] 从言[illegible]

[illegible] 中[illegible] 切 [illegible] 文 [illegible] 从言[illegible]

[illegible] 从言[illegible] [illegible] 聲也从言[illegible] [illegible]

也 从言[illegible]

景王作洛陽誃臺尺氏切

訾 不思稱意也从言此聲詩曰翕翕訿訿將此切

詭 責也从言危聲過委切

⿰言臣 詐也从言臣聲讀若指職雉切

讄 禱也累功德以求福論語云讄曰禱尔于上下神祇从言纍省聲力軌切

𧬘 或不省

誄 謚也从言耒聲力軌切

諰 思之意从言从思胥里切

誹 謗也从言非聲敷尾切

語 論也从言吾聲魚舉切

許 聽也从言午聲虛呂切

詎 詎猶豈也从言巨聲其呂切

諝 知也从言胥聲私呂切

詡 大言也从言羽聲況羽切

譜 籍錄也从言普聲史記从並博古切

詁 訓故言也从言古聲詩曰詁訓公戶切

⿰言亞 相毀也从言亞聲一曰畏亞宛古切

詆 苛也一曰訶也从言氏聲都禮切

⿰言伿 待也从言伿聲讀若[illegible]胡禮切

謑 恥也从言奚聲胡禮切

𧪐 謑或从奊

診 視也从言㐱聲之刃切又直刃切

謹 慎也从言堇聲居隱切

詪 狼戾也从言皀聲乎懇切

誕 詞誕也从言延聲徒旱切

𧩼 籀文誕

諓 善言也从言戔聲一曰謔也慈衍切

謏 小也誘也从言叜聲禮記曰足以謏聞先鳥切

誂 相呼誘也从言兆聲徒了切

討 治也从言从寸他皓切

讜 直言也从言黨聲多朗切

警 戒也从言从敬敬亦聲居影切

請 謁也从言青聲七井切

[illegible] 效也

从言殸聲殸籒文磬字去挺切

訂 平議也从言丁聲他頂切

𧥣 扣也如求婦先𧥣叕之从言从口口亦聲苦后切

諗 深諫也从言念聲春秋傳曰辛伯諗周桓公式荏切

讇 諛也从言閻聲丑琰切

諂 讇或省

○

諷 誦也从言風聲芳鳳切

誦 諷也从言甬聲似用切

訟 爭也从言公聲一曰謌訟似用切

𧦝 古文訟

諈 諈諉纍也从言垂聲竹寘切

誎 數諫也从言朿聲七賜切

諉 纍也从言委聲女恚切

議 語也从言義聲宜寄切

誼 人所宜也从言从宜宜亦聲儀寄切

譬 諭也从言辟聲匹至切

詖 辯論也古文以為頗字从言皮聲彼義切

謚 行之迹也从言兮皿闕 徐鍇曰兮聲也神至切

誶 讓也从言卒聲國語曰誶申胥雖遂切

䜃 相毀也从言隨省聲雖遂切

誌 記誌也从言志聲職吏切

試 用也从言式聲虞書曰明試以功式吏切

記 疏也从言己聲居吏切

諅 忌也从言其聲周書曰上不諅于凶德渠記切

誋 誡也从言忌聲渠記切

謂 報也从言胃聲于貴切

諱 誋也从言韋聲許貴切

詛 詶也从言且聲莊助切

譽 稱也从言與聲羊茹切

諭 告也从言俞聲羊戍切

訴 告也从言厈省聲論語曰訴子路於季孫 臣鉉等曰厈非聲蓋古之字音也與今異

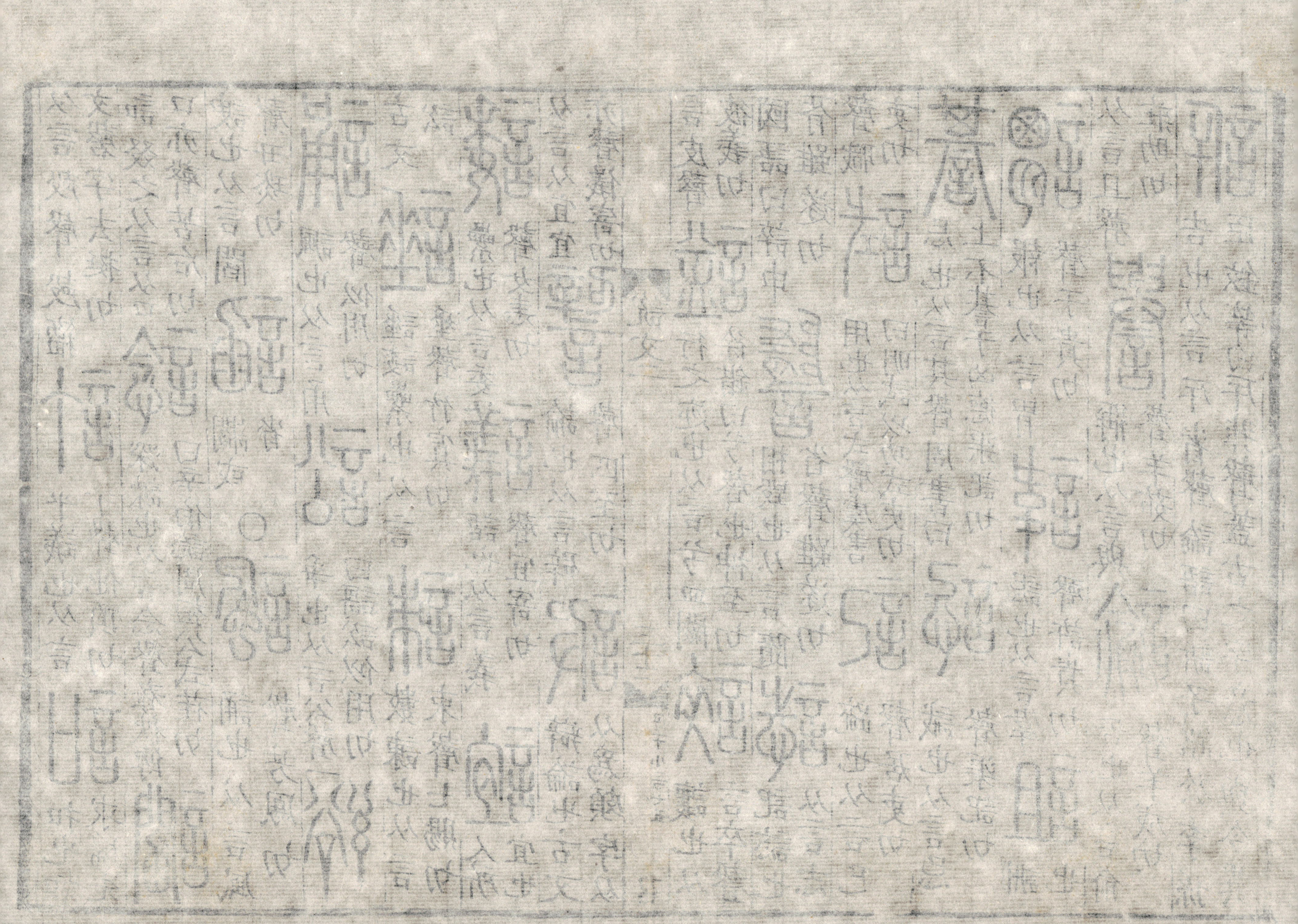

如皀亦音香釁亦音門乃亦音仍他皆放此古今失傳不可詳究桑故切
愬 訴或从言朔
𧦝 訴或从朔心
護 救視也从言蒦聲胡故切
謼 評謼也从言虖聲荒故切
誤 謬也从言吳聲五故切
謎 隱語也从言迷迷亦聲莫計切
諦 審也从言帝聲都計切
計 會也筭也从言从十古詣切
詣 候至也从言旨聲五計切
誓 約束也从言折聲時制切
詍 多言也从言世聲詩曰無然詍詍余制切
譪 臣盡力之美从言葛聲詩曰譪譪王多吉士於害切
譀 聲也从言歲聲詩曰有譀其聲呼會切
詿 誤也从言圭或从言佳省聲古賣切
諣 疾言也从言咼聲呼卦切

誡 敕也从言戒聲古拜切
譺 騃也从言疑聲五介切
話 合會善言也从言昏聲傳曰告之話言胡快切
譮 籀文話从會
𧬄 譀也从言萬聲莫話切
讀 中止也从言貴聲司馬法曰師多則人讀讀止也胡對切
誨 曉教也从言每聲荒內切
詯 膽气滿聲在人上从言自聲讀若反目相睞荒內切
訒 頓也从言刃聲論語曰其言也訒而振切
信 誠也从人从言會意息晉切
㐰 古文从言省
訫 古文信
訊 問也从言卂聲思晉切
𧦒 古文訊从鹵
訓 說教也从言川聲許運切
謜 徐語也从言原聲孟子曰故謜謜而來魚怨切

[illegible]

說文三上 十

詿 誤也从言圭聲 古賣切

誤 謬也从言吳聲 五故切

[illegible]

⿰言夗 也从言夗聲於願切
諫 証也从言柬聲古晏切
訕 謗也从言山聲所晏切
讂 流言也从言夐聲火縣切
諯 數也一曰相讓也从言耑聲讀若專尺絹切
諺 傳言也从言彥聲魚變切
譴 謫問也从言遣聲去戰切
譥 痛呼也从言敫聲古弔切
訆 大呼也从言丩聲春秋傳曰或訆于宋太廟古弔切
譙 嬈譊也从言焦聲讀若嚼才肖切
誚 古文譙从肖周書曰亦未敢誚公
詔 告也从言从召召亦聲之紹切
誥 告也从言告聲古到切
古文誥
譟 擾也从言喿聲蘇到切
課 試也从言果聲苦臥切
譒 敷也从言番聲商書曰王譒告之補過切
謝 辭去也从言䠶聲辭夜切
詐 欺也从言乍聲側駕切
⿰言作 慙語也从言作聲鉏駕切
訝 相迎也从言牙聲周禮曰諸侯有卿訝發吾駕切
迓 訝或从辵
⿰言䀠 相誤也从言䀠聲古罵切
訪 汎謀曰訪从言方聲敷亮切
⿰言朢 責望也从言望聲巫放切
讓 相責讓从言襄聲人漾切
諒 信也从言京聲力讓切
詇 早知也从言央聲於亮切
誑 欺也从言狂聲居況切
謗 毀也从言旁聲補浪切
詠 歌也从言永聲爲命切
咏 詠或从口
諍 止也从言爭聲側迸切
詗 知處告言之从言同聲朽正切
証 諫也

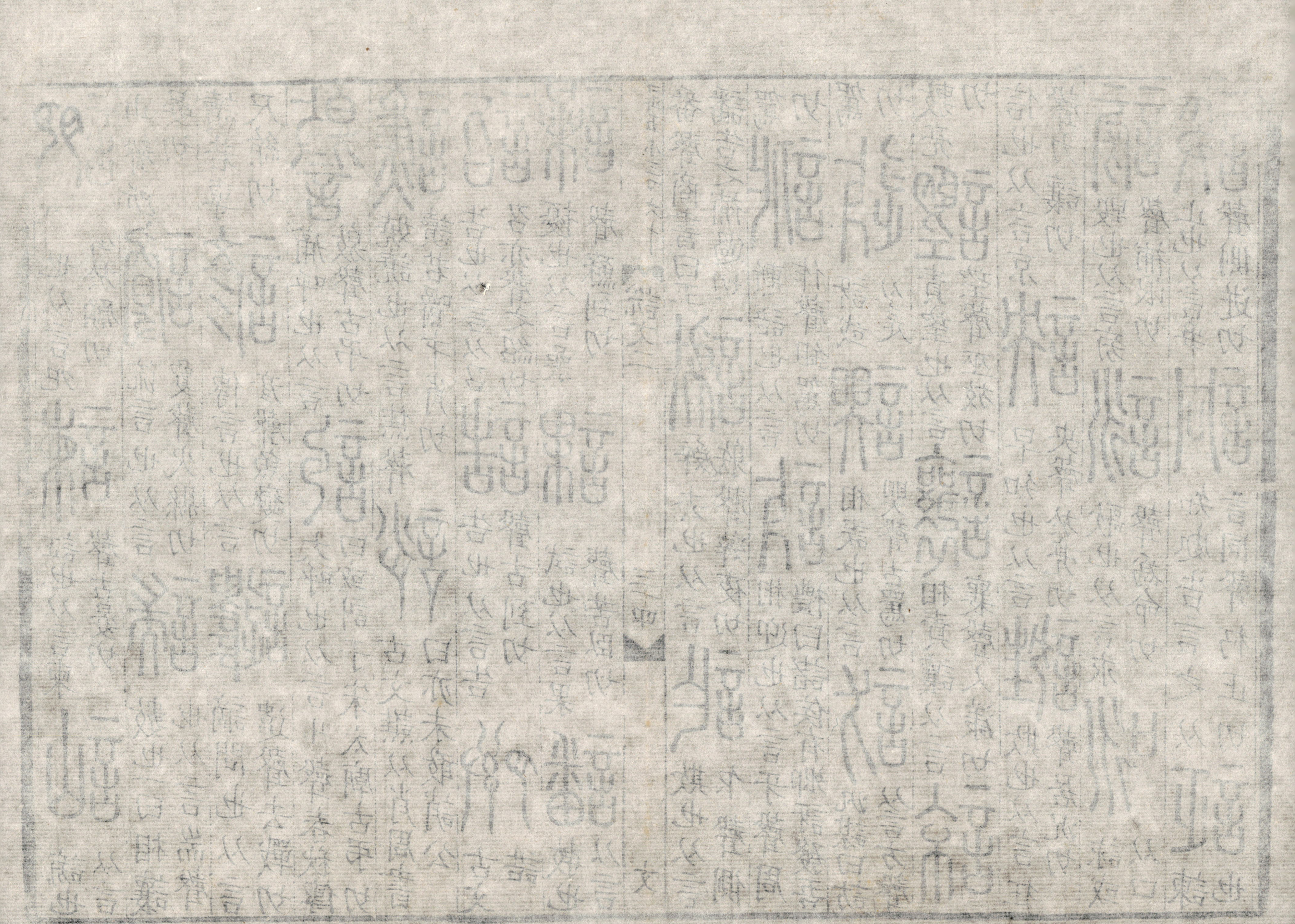

从言正聲之盛切

證 告也从言登聲諸應切

譍 以言對也从言雁聲於證切

謬 狂者之妄言也从言翏聲靡幼切

詘 訓也从言由聲直又切

詬 謑詬恥也从言后聲呼寇切

訽 詬或从句

讖 驗也从言韱聲楚蔭切

譖 愬也从言朁聲莊蔭切

譀 誕也从言敢聲下闞切

[篆] 俗譀从忘 ○

誎 餔旋促也从言朿聲桑谷切

讀 誦書也从言賣聲徒谷切

[篆] 大呼自勉也从言暴省聲蒲角切

謐 靜語也从言𥁑聲一曰無聲也彌必切

詰 問也从言吉聲去吉切

訹 誘也从言术聲思律切

訖 止也从言气聲居迄切

詘 詰詘也一曰屈襞从言出聲區勿切

𧦛 詘或从屈

訐 面相斥罪相告訐也从言干聲居謁切

謁 白也从言曷聲於歇切

誖 亂也从言孛聲蒲沒切

悖 誖或从心

[篆] 籀文誖从二或

訥 言難也从言从内内骨切

詧 言微親詧从言察省聲楚八切

詄 忘也从言失聲徒結切

訣 訣別也一曰法也从言決省聲古穴切

譎 權詐也益梁曰謬欺天下曰譎从言矞聲古穴切

設 施陳也从言从殳殳使人也識列切

說 說釋也从言兌一曰談說失爇切又弋雪切

謔 戲也从言虐聲詩曰善戲謔兮虛約切

託 寄也从言乇聲他各切

誻

譍也从言若聲奴各切

讗 言壯皃一曰數相怒也从言巂聲讀若畫呼麥切

詻 論訟也傳曰詻詻孔子容从言各聲五陌切

諎 大聲也从言昔聲讀若笮壯革切

唶 諎或从口

謫 罰也从言啻聲陟革切

諽 飾也一曰更也从言革聲讀若戒古覈切

謚 笑皃从言益聲伊昔切又呼狄切

譯 傳譯四夷之言者从言睪聲羊昔切

識 常也一曰知也从言戠聲賞職切

𧥣 快也从言从中於力切

謵 言謵讋也从言習聲秦入切

䛟 諧䛟也从言合聲候閤切

𧫃 語相反𧫃也从言遝聲他合切

誻 𧫃誻也从言沓聲徒合切

譶 疾言也从三言讀若沓徒合切

⿰言闒 嗑也从言闒聲徒盍切

讋 失气言一曰不止也从言龖省聲傅毅讀若慴之涉切

𧮰 籀文讋不省

謺 謺讘也从言執聲之涉切

讘 多言也从言聶聲河東有狐讘縣之涉切

諜 軍中反閒也从言枼聲徒叶切

文二百四十七　重三十三

文八　新附

䖵 九十三 蟲之總名也从二虫凡䖵之屬皆从䖵讀若昆古魂切

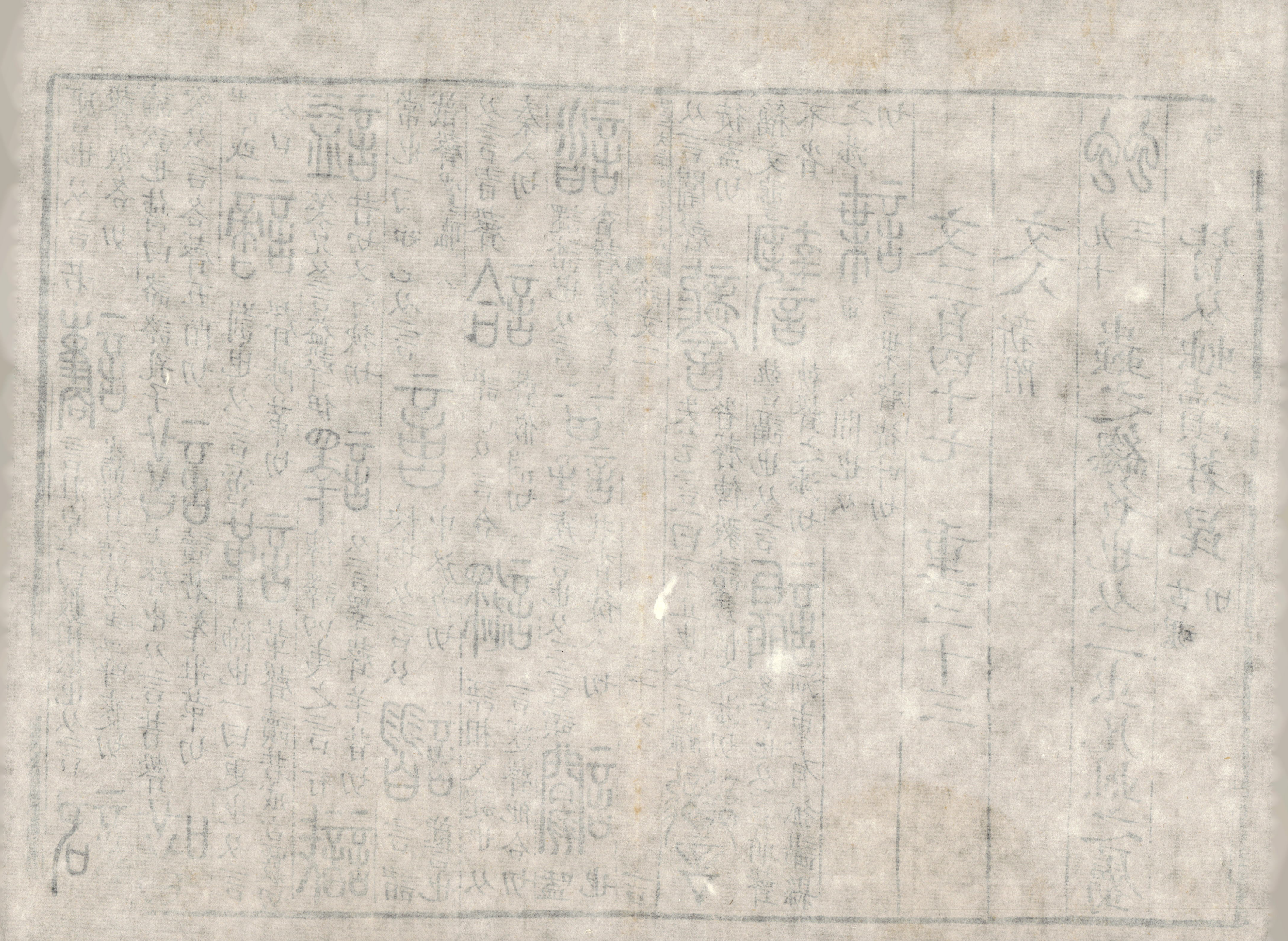

螽蝗也从䖵夊聲夊古文終字職戎切𧒂螽或从衆聲蠭
飛蟲螫人者从䖵逢聲敷容切𧖅古文省蚷蚷蝶也从䖵巨聲強魚切
蟁齧人飛蟲从䖵民聲無分切𧍮蟁或从昬以昬時出也蚊俗蟁
从虫从文○蜱蜱蛸也从䖵卑聲匹標切蜱蜱或从虫蟊
蟊蠿蟊也从䖵矛聲莫交切螬齏螬也从䖵曹聲財牢切蛾蠶化飛蟲从䖵
我聲五何切蛾蛾或从虫蝱齧人飛蟲从䖵亡聲武庚切𧕴
蟲也从䖵寍聲奴丁切蛷多足蟲也从䖵求聲巨鳩切蛷蛷或从虫

蠹蚍蠹也从䖵橐聲縛牟切蜉蠹或从虫从孚蠶任絲也从
䖵朁聲昨含切○蠡蟲齧木中也从䖵彖聲盧啓切蠡古文
蠢蟲動也从䖵春聲尺尹切𧒙古文蠢从𢦏周書曰我有𢦏于西
雋蟲食也从䖵雋聲子兖切展蟲也从䖵展省聲知衍切蚤齧人
跳蟲从䖵叉聲叉古爪字子皓切蚤蚤或从虫○蠹木中蟲从䖵橐聲當
故切蠹蠹或从木象蟲在木中形譚長說○𧖅蠭甘飴也一曰螟子从
䖵鼏聲彌必切蜜𧖅或从宓蝨齧人蟲从䖵卂聲所櫛切[illegible]

[illegible]蛄也从䖵[illegible]聲胡葛切

蠿 蠿蟊作罔蛛蟊也从䖵㡭聲㡭古絕字側八切

蠽 小蟬蜩也从䖵截聲子列切

文二十五　重十三

門 九十四 聞也从二戶象形凡門之屬皆从門 莫奔切

闚 閃也从門規聲去隓切

闈 宮中之門也从門韋聲羽非切

閭 里門也从門呂聲周禮五家為比五比為閭閭侶也二十五家相群侶也力居切

闍 闉闍也从門者聲當孤切

閨 特立之戶上圜下方有似圭从門圭聲古攜切

開 張也从門从幵苦哀切

開 古文

闉 城內重門也从門垔聲詩曰出其闉闍於眞切

閽 常以昏閉門隸也从門从昏昏亦聲呼昆切

闌 門遮也从門柬聲洛干切

𨷲 妄入宮掖也从門䜌聲讀若闌洛干切

關 以木橫持門戶也从門𢍰聲古還切

闤 市垣也从門睘聲戶關切

閑 闌也从門中有木戶閒切

閒 隙也从門从月徐鍇曰夫門夜閉閉而見月光是有閒隙也古閑切

閒 古文閒

○

闐 盛皃从門眞聲待年切

閶 天門也从門昌聲楚人名

門曰閶闔尺量切
闛 闛闛盛皃从門堂聲徒郎切 閎 巷門也从門厷聲戶
萌切 闍 闍謂之樀樀廟門也从門詹聲余廉切 閻 里中門也从門臽聲
余廉切 壛 閻或从土 閹 豎也宮中奄閽閉門者从門奄聲英廉切 ○
⿵門爲 闢門也从門爲聲國語曰⿵門爲門而與之言韋委切 闓 開也从門豈聲苦亥切
閔 弔者在門也从門文聲臣鉉等曰今別作憫非是眉殞切 㥨 古文閔
闡 開也从門單聲易曰闡幽昌善切 ⿵門繇 開閉門利也从門繇聲一曰縷十紘
也臣鉉等曰繇非聲未詳旨沇切 ⿵門阿 門傾也从門阿聲烏可切 閜

大開也从門可聲大杯亦爲閜火下切 閃 闚頭門中也从人在門中失冉切 ○
閟 閉門也从門必聲春秋傳曰閟門而與之言兵媚切 閉 闔門也从門才
所以歫門也博計切 ⿵門介 門扇也从門介聲胡介切 闠 市外門也从門貴聲胡對切
閡 外閉也从門亥聲五溉切 ⿵門二 登也从門二二古文下字讀若軍敶之敶臣鉉等曰下
言自下而登上也故从下商書曰若升高必自下直刃切 閈 門也从門干聲汝南平輿里門
曰閈侯旰切 閞 門欂櫨也从門弁聲皮變切 ⿵門鄉 門響也从門鄉聲許
亮切 閬 門高也从門良聲巴郡有閬中縣來宕切 閌 閌閬高門也从門亢
切

聲苦浪切

闖 馬出門皃从馬在門中讀若郴丑禁切

闇 閉門也从門音聲烏紺切

闞 望也从門敢聲苦濫切

○

闕 門觀也从門欮聲去月切

閥 閥閱自序也从門伐聲義當通用伐房越切

閼 遮攔也从門於聲烏割切

闥 門也从門達聲他達切

闊 疏也从門活聲苦括切

〔門曷〕 門聲也从門曷聲乙鎋切

閱 具數於門中也从門說省聲弋雪切

闋 事已閉門也从門癸聲傾雪切

闑 門梱也从門臬聲魚列切

〔門龠〕 關下牡也从門龠聲以灼切

閣 所以止扉也从門各聲古洛切

闢 開也从門辟聲房益切

〔古文闢〕 虞書曰闢四門从門从𠬞

闃 靜也从門狊聲臣鉉等案易窺其戶闃其無人窺小視也狊大張目也言始小視之雖大張目亦不見人也義當只用狊字苦狊切

閾 門榍也从門或聲論語曰行不履閾下逼切

〔古文閾〕 古文閾从洫

閤 門旁戶也从門合聲古沓切

闒 樓上戶也从門𦐇聲徒盍切

闔 門扇也一曰閉也从門盍聲胡臘切

閘 開閉門也从門甲聲烏甲切

文五十七 重六

文五 新附

豚 九十五 小豕也从彖省象形从又

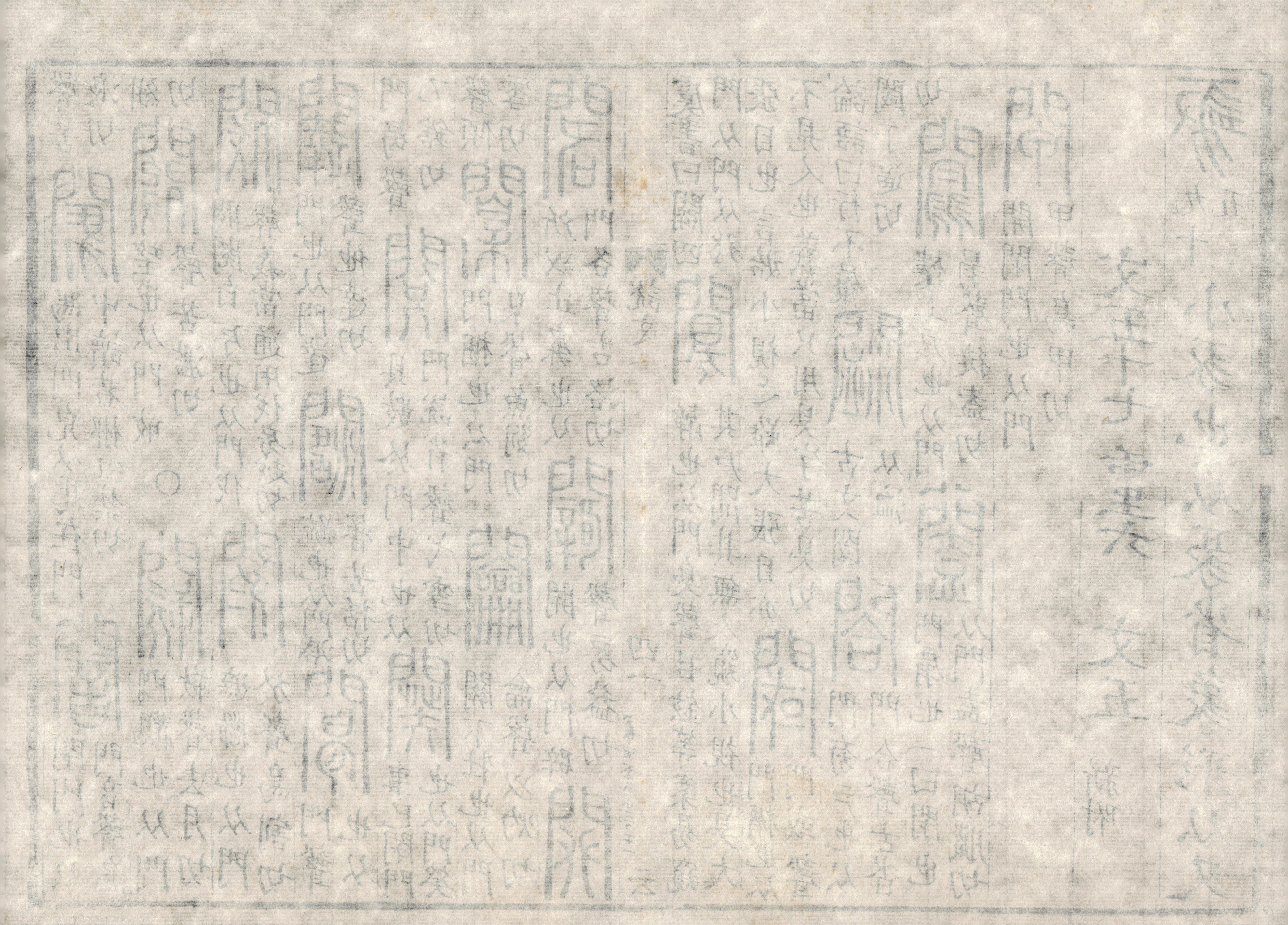

持肉以給祠祀凡豚之屬皆从

豚 徒魂切 豚 篆文从肉豕

⿰衞豚 豚屬从豚衞聲讀若罽于歲切

文二 重一

干 九十六 犯也从反入从一凡干之屬皆从干 古寒切

𢆉 撖也从干入一爲干入二爲𢆉讀若餁言稍甚也如審切 ○ 屰 不順也从

干下屮屰之也魚戟切

文三

𣦼 九十七 殘穿也从又从歺凡𣦼之屬皆从𣦼讀若殘 昨干切

叡 深明也通也从𣦼从目从谷省以芮切 叡 古文叡 叡 籀文叡从土

𣦸 深堅意也从𣦼从貝貝堅寶也讀若概古代切

𣦾 坑也从𣦼从井井亦聲疾正切 ○ 㕡 溝也从𣦼从谷讀若郝呼各切 壑 㕡或从土

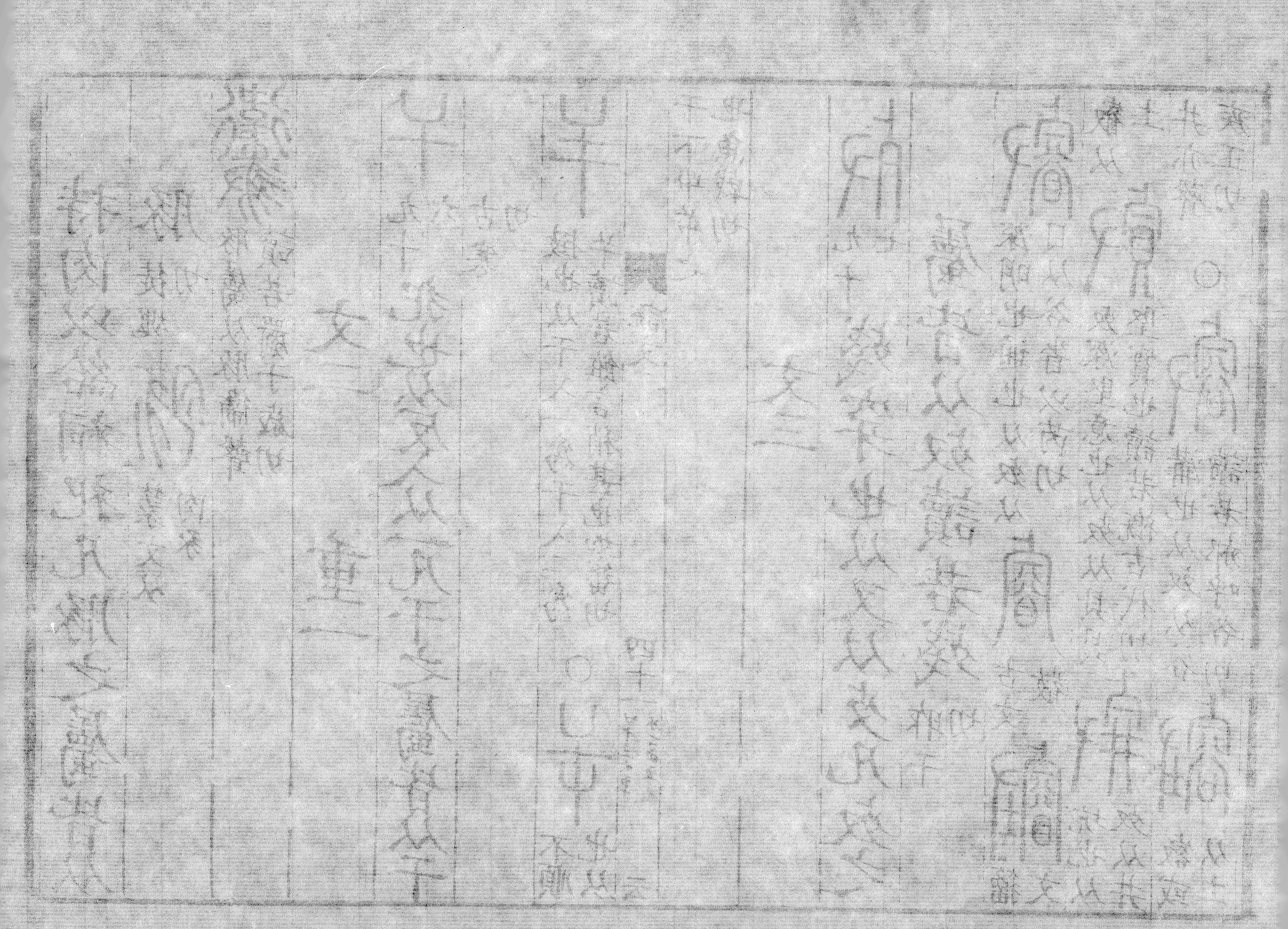

文五　重三

丹　九十八　巴越之赤石也象采丹井●象丹形凡丹之屬皆从丹　都寒切

古文丹

亦古文丹

彤　丹飾也从丹从彡彡其畫也　徒冬切　○

臒　善丹也从丹蒦聲周書曰惟其敎丹臒讀若雀　烏郭切

文三　重二

丸　九十九　圜傾側而轉者从反仄凡丸之屬皆从丸　胡官切

丸之孰也从丸而聲　奴禾切　○

鷙鳥食已吐其皮毛如丸从丸咼聲讀若骫　於跪切　○

闕　芳萬切

文四

雈　一百　鴟屬从隹从𦫳有毛角所鳴其民有旤凡雈之屬皆

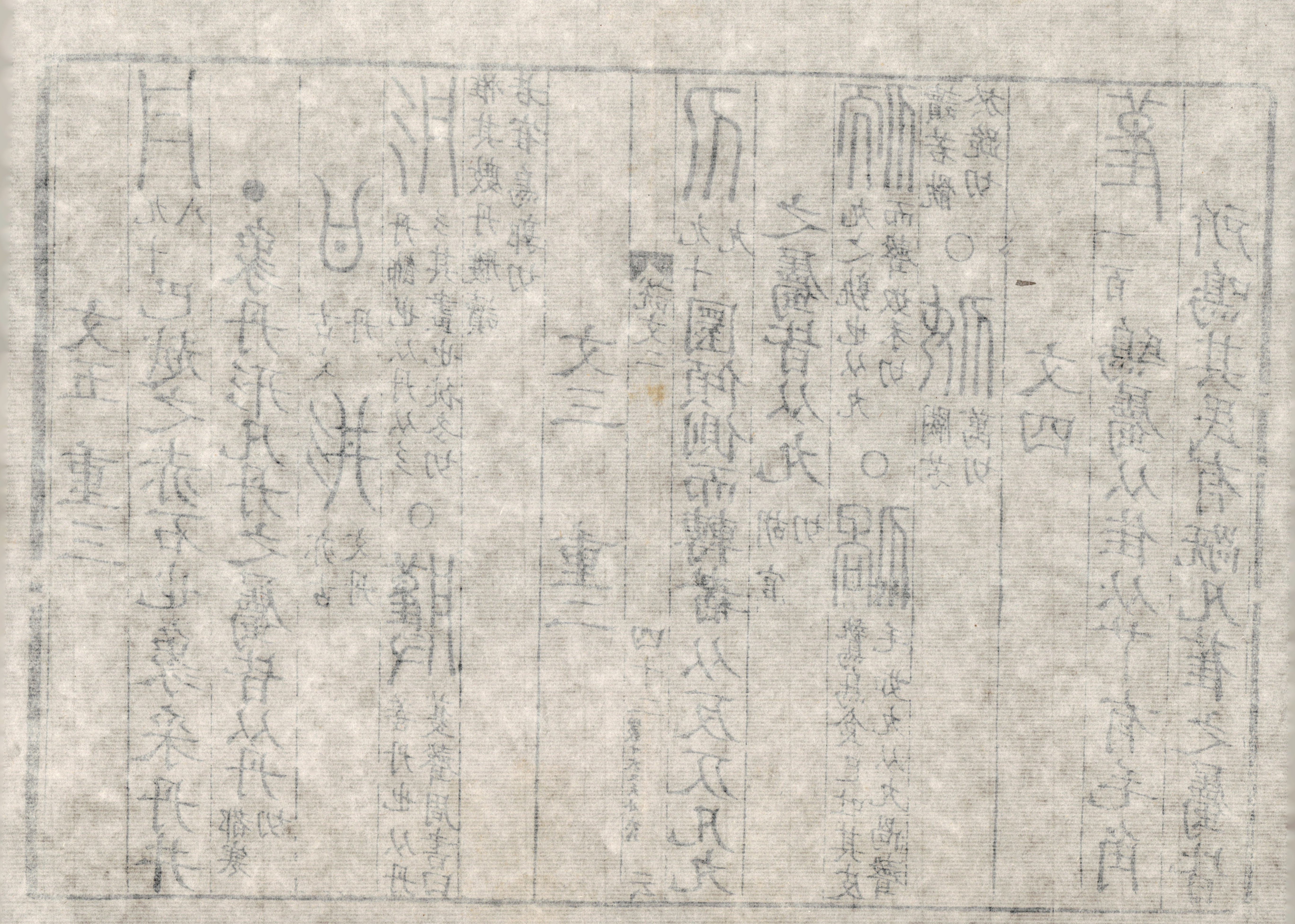

从萑讀若和胡官切

雚 小爵也从萑吅聲詩曰雚鳴于垤工奐切

舊 鴟舊舊留也从萑臼聲巨救切

鵂 舊或从鳥休聲

○蒦 規蒦商也从又持萑一曰視遽皃一曰蒦度也徐鍇曰商度也萑善度人禍福也乙虢切

彠 蒦或从尋尋亦度也楚詞曰求矩彠之所同

文四　重三

萈 一百一 山羊細角者从兔足苜聲凡萈之屬皆从萈讀若丸寬字从萈从此 臣鉉等曰苜徒結切非聲疑象形胡官切

文一

毌 一百二 穿物持之也从一橫貫貝象寶貨之形凡毌之屬皆从毌讀若冠古丸切

○貫 錢貝之貫从毌貝古玩切

虜 獲也从毌从力虍聲郎古切

文三

華 一百三 箕屬所以推棄之器也象形凡華之屬皆从華官溥說 北潘切

棄 捐也从廾推華棄之从𠫓𠫓逆子也臣鉉等曰𠫓他忽切 詰利切 古文棄 籀文棄

糞 棄除也从廾推華棄釆也官溥說似米而非米者矢字方問切

○畢 田罔也从華象畢形微也或曰由聲臣鉉等曰由音弗卑吉切

文四　重二

耑 一百四 物初生之題也上象生形下象其根也凡耑之屬皆从耑 臣鉉等曰中一地也多官切

文一

𠬜 一百五 引也从反廾凡𠬜之屬皆从𠬜 普班切今隸作大

攀 𠬜或从手从樊

樊 鷙不行也从𠬜从棥棥亦聲附袁切

○䜌 樊也从𠬜䜌聲呂員切

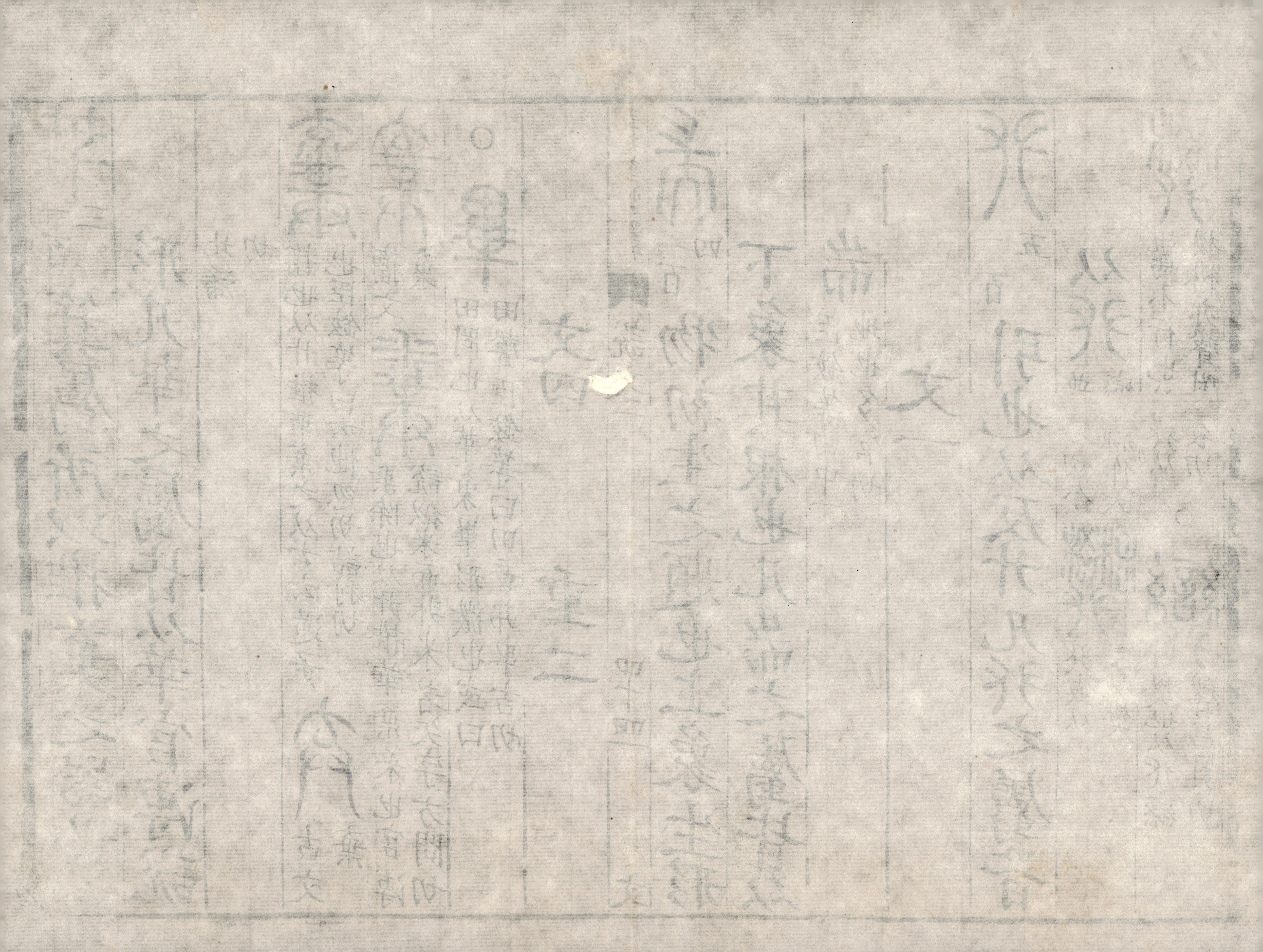

文三　重一

山 宣也宣气散生萬物有石而高象形凡山之屬皆从山 所閒切　一百六

嵏 九嵏山在馮翊谷口从山嵏聲子紅切

嵩 中岳嵩高山也从山从高亦从松韋昭國語注云古通用崇字息弓切

崇 嵬高也从山宗聲鉏弓切

[illegible] 山[illegible]也从山[illegible]聲數容切

崒 崒危高也从山卒聲醉綏切

嶷 九嶷山舜所葬在零陵營道从山疑聲語其切

岨 石戴土也从山且聲詩曰陟彼岨矣七余切

嵎 封嵎之山在吳楚之間汪芒之國从山禺聲噳俱切

嵇 山名从山稽省聲奚氏避難特造此字非古胡雞切

崔 大高也从山隹胙回切

岷 山在蜀湔氐西徼外从山㪍聲武巾切

嶙 嶙峋深崖皃山粦聲力珍切

峋 嶙峋也从山旬聲相倫切

崑 崑崙山名从山昆聲漢書楊雄文通用昆侖古渾切

崙 崑崙也从山侖聲盧昆切

巒 山小而銳从山䜌聲洛官切

○

嶢 焦嶢山高皃从山堯聲古僚切

嶅 山多小石也从山敖聲五交切

峱 山在齊地从山狃聲詩曰遭我于峱之間兮奴刀切

峨 嵯峨也从山我聲五何切

嵯 山皃从山𨸏聲昨何切

崵 崵山在遼西从山昜聲一曰嵎鐵崵谷

文三 重一

山 [illegible] 宣也宣气散生萬物有石而高象形凡山之屬皆从山 [illegible]

嵏 九嵏山在馮翊谷口从山㚇聲 子紅切

[illegible]

崇 嵬高也从山宗聲 [illegible]

[illegible]

[illegible]

也與章切

嶈 山嶐也从山戕聲慈良切

岡 山脊也从山网聲古郎切

嶸 崝嶸也从山榮省聲戶萌切

崝 嶸也从山青聲臣鉉等曰今俗別作崢非是七耕切

⿰山巠 谷也从山巠聲戶經切

崩 山壞也从山朋聲北滕切

⿰阝朋 古文从𨸏

岑 山小而高从山今聲鉏箴切

崟 山之岑崟也从山金聲魚音切

嵐 山名从山葻省聲盧含切

嵒 山巖也从山品讀若吟臣鉉等曰从品象巖厓連屬之形五咸切

⿱山𢽟 山深皃从山𢽟省聲口銜切

巖 岸也从山嚴聲五緘切

○

⿰山几 山也或曰弱水之所出从山几聲居履切

屺 山無草木也从山己聲詩曰陟彼屺兮墟里切

嶼 島也从山與聲徐呂切

岵 山有草木也从山古聲詩曰陟彼岵兮侯古切

嶵 山皃从山辠聲祖賄切

㠥 嶵也从山[illegible]聲落猥切

嶘 尤高也从山棧聲士限切

島 海中往往有山可依止曰島从山鳥聲讀若詩曰蔦與女蘿都皓切

⿱山隓 山皃从山隓聲徒果切臣鉉等案隓與墮同墮今亦音徒果切則是隓兼有此音

嶞 山之墮墮者从山从憜省聲讀若相推落之憜徒果切

嶺 山道也从山領聲良郢切

○

嵍 山名从山敄聲亡遇切

⿱萬山 巍高也从山萬聲讀若厲力制切

岱 太山也从山代聲徒耐切

⿱山陖 高也从山陖聲私閏切

峻

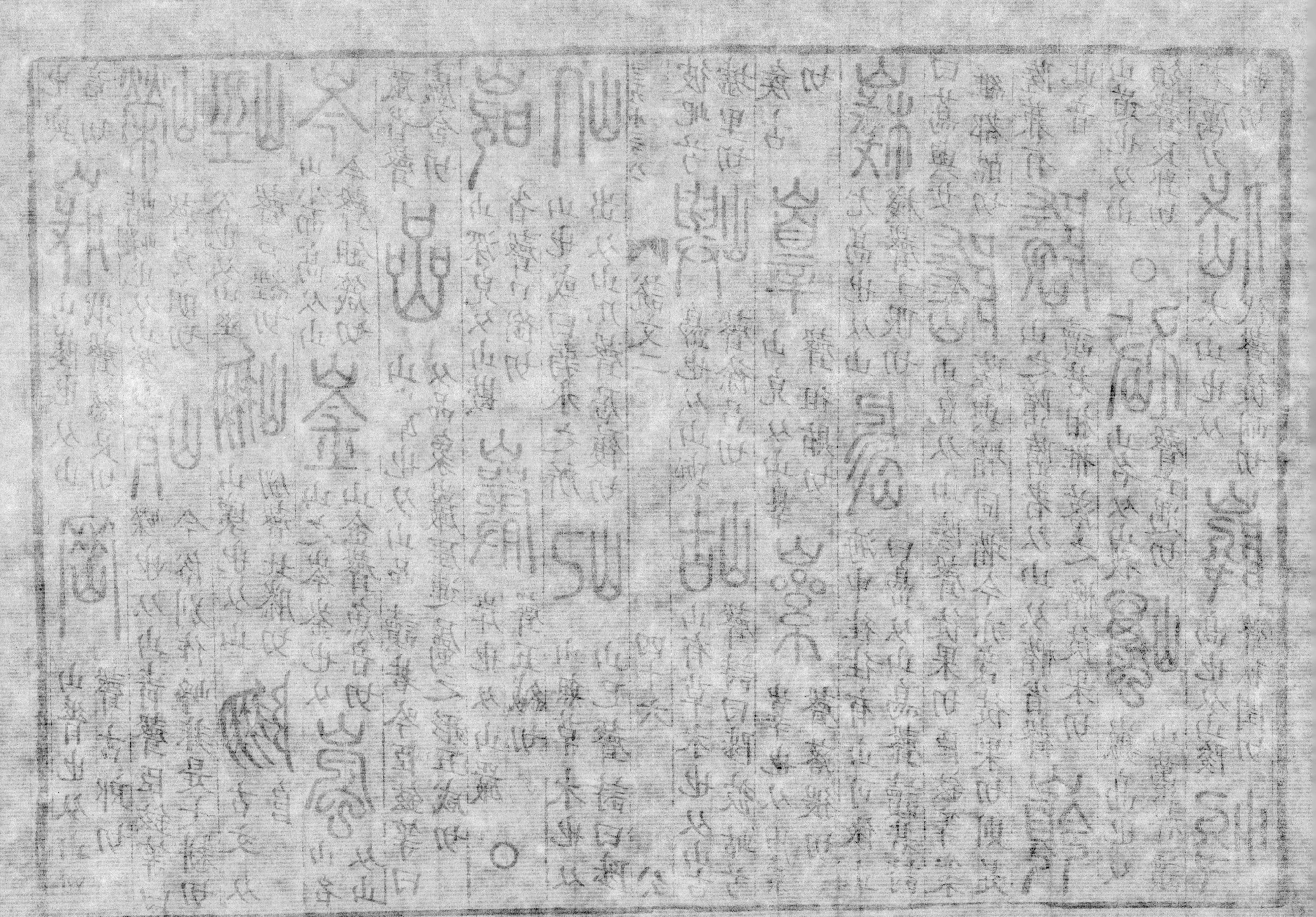

或省

嶠 山銳而高也从山喬聲古通用喬渠廟切

峼 山皃一曰山名从山告聲古到切

崋 山在弘農華陰从山華省聲胡化切

岫 山穴也从山由聲似又切

𥦂 籀文从穴

○嶨 山多大石也从山學省聲胡角切

嶽 東岱南霍西華北恒中泰室王者之所以巡狩所至从山獄聲五角切

岳 古文象高形

密 山如堂者从山宓聲美畢切

岪 山脅也弗聲勿切

崛 山短高也从山屈聲衢勿切

嶭 巀嶭山也从山辥聲五葛切

巀 巀嶭山在馮翊池陽从山𢧜聲才葛切

岊 陬隅高山之節从山从卪子結切

崞 山在鴈門从山𩫏聲古博切

嶧 葛嶧山在東海下邳从山睪聲夏書曰嶧陽孤桐羊益切

岌 山高皃从山及聲魚汲切

文五十二 重四

文十一 新附

虤 一百七 虎怒也从二虎凡虤之屬皆从虤五閑切

䖤 兩虎爭聲从虤从曰讀若憖臣鉉等曰曰口气也語巾切

○贙 分別也从虤對爭貝讀若迴胡畎切

文三

重刊許氏說文解字五音韻譜卷二

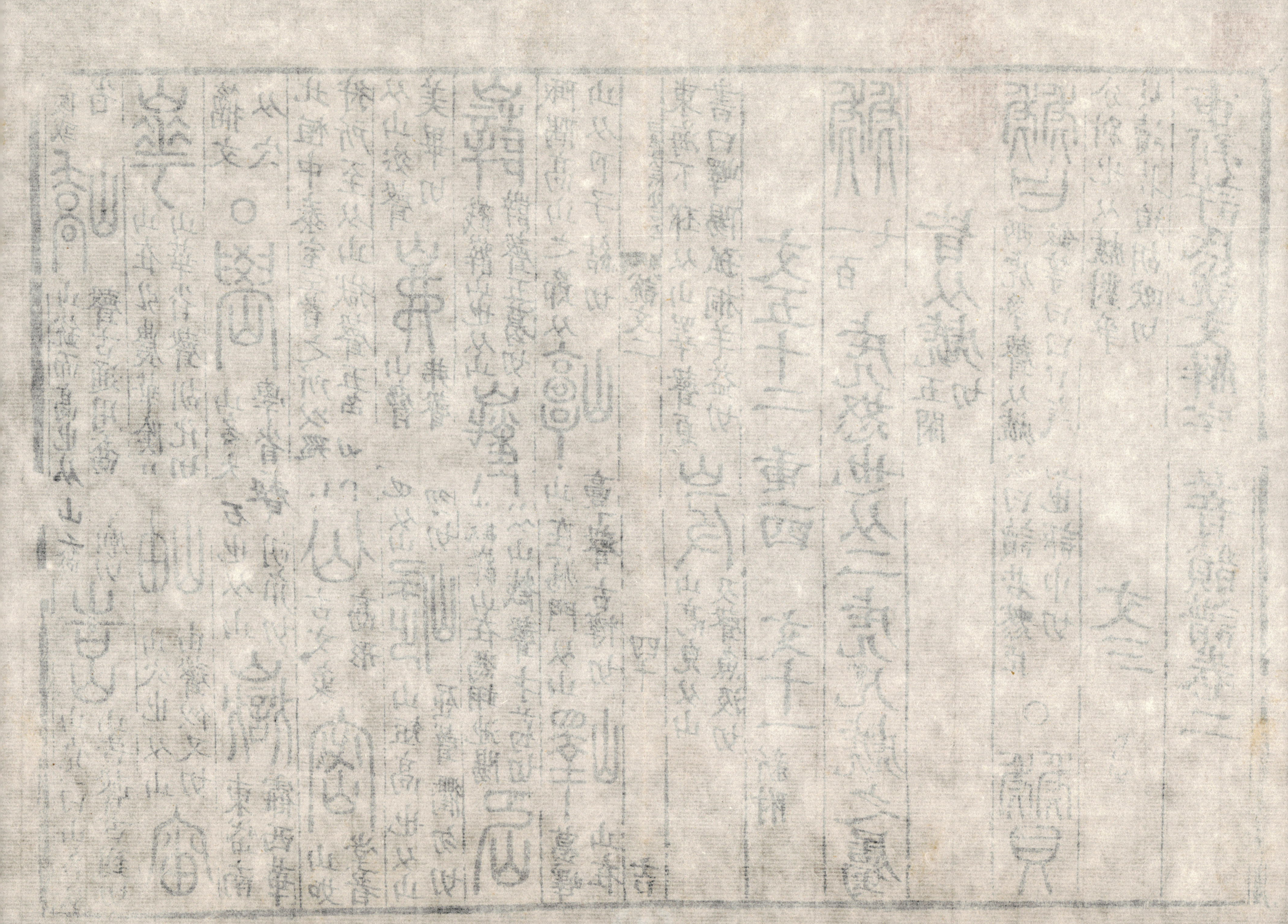

五福五代堂古稀天子寶

八徵耄念之寶

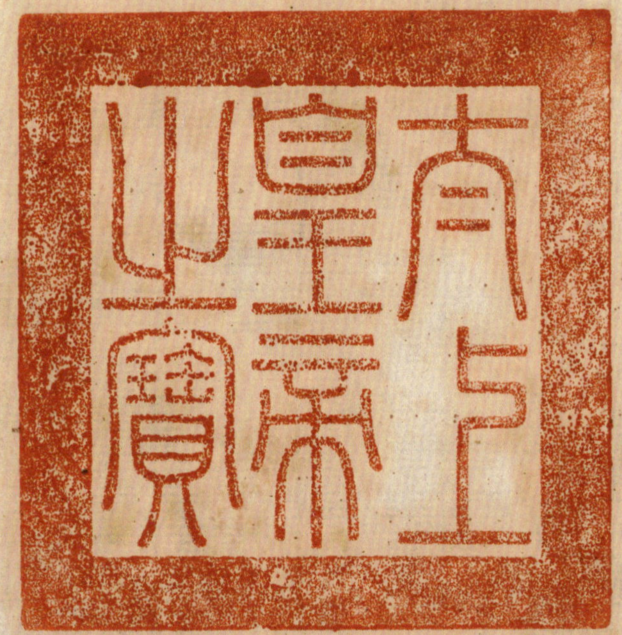
太上皇帝之寶